谷崎潤一郎

谷崎润一郎

厨房太平记

高洁 译

上海译文出版社

厨房太平记

第一回

近来世道不同从前，招呼家里的雇工，也不能直呼其名。从前"阿花"、"阿玉"地叫着，现如今都必须加上敬称，称作"阿花姑娘"、"阿玉姑娘"。

千仓家十分老派，一直都"阿花"、"阿玉"地直呼其名，直到去年有人提醒，这才改口以敬称称呼。

因此，这个故事里出现的女用人们，如果仍直呼其名，恐怕要被现代的姑娘大人们批评了。只是考虑到这个故事开始于战前，也就是昭和十一二年，不沿用以往的叫法，总觉得生分不少，故而仍省去敬称，还望各位见谅。

现今也有一些家庭称呼女用人为"姐姐"，可千仓家的主人磊吉这样的老派人物对此颇为嫌恶。现在看不到"牛肉屋"这种店了，可从前东京到处可见挂着"いろは"、"松屋"这样的招牌、镶嵌着红色、紫色玻璃的"牛肉屋"。进了店门，先寄存鞋子，再顺着面前的梯子上去，来到一个杂乱的大厅，就会看到很多客人正围着煮开的锅子吃着呢。

"某号桌，加酒。"

"某号桌，结账。"

女服务员们拿着满是油污的寄鞋柜的牌子穿梭于客人之间。客人们都称呼这些女服务员"姐姐"或是"阿姐"。所以一说"姐姐"，磊吉马上就会想起那些牛肉火锅的味道。比起这个"姐姐"，"阿花"、"阿玉"在他听来要舒服多了。

明治时代，别说是"女佣"，"侍女"、"婢女"这种词也大有人用的。可如今连"女佣"这个称呼都招人厌恶，只好绞尽脑汁想出"maid"、"帮工"之类的说法，看来世道是变了。当面称呼的时候，要把"阿花"、"阿玉"的"阿"字去掉，后面加上一个"子"字，再加上"姑娘"这个敬称，称作"花子姑娘"、"玉子姑娘"。磊吉对此颇为反感："要称'姑娘'的话，直接就叫'花姑娘'、'玉姑娘'好了，什么'花子姑娘'、'玉子姑娘'，听着像是咖啡馆的女招待，我们家又不是咖啡馆。"可从乡下来打工的小姑娘们不理解这一点，比起"玉姑娘"，更喜欢"玉子姑娘"这样的称呼。

昭和十年秋天，磊吉和第二任妻子组建家庭，那年他五十周岁、妻子三十三岁。房子建在当时的兵库县武库郡住吉村的反高林地方，那一带现在听说已经隶属神户市东滩区了。住吉村和它东面的鱼崎町之间有一条住吉川流过，反高桥横跨其上。千仓家就建在桥下的河堤之上，往下游方向数第五六幢的房子。家里除了一家之主磊吉、妻子赞子、赞子与前夫所生的女儿七岁的睦子（后来也改姓千仓）之外，还有赞子的妹妹鸠子，一共四口人。另外，还有几名女佣，少的时候两三人，多则五六人。

家里除磊吉之外都是女子，按理不需要这么多女佣。可家里的女眷都是小姐出身，娇生惯养，没有那么多女佣的话，生活十分不便。磊吉自己也喜欢家里热闹气派，赞成多找几名女佣。所以从那时开始直到现在，受雇于千仓家的女佣人数不少。后来从反高林搬家到对岸的鱼崎，战争开始后，又在热海有了别墅，战后又变成京都和热海两处房子。如此一来，女佣的数量越发多了起来，加上妻子赞子人好，容易心软，有人求过来就都留在家里了。

从那时开始直到搬到现在伊豆山这个家，已经数不清楚有几个姑娘来千仓家厨房帮过忙。短的有两三天、一个月就离开的，长的则待了六七年，甚至十年以上。都说远亲不如近邻，长时间像家人一样相处，在磊吉眼里，她们也是自己的孩子。有两三个因为老家离得远，就由千仓家准备彩礼，嫁到附近的人家，现在还经常过来玩呢。

虽说家里用过的女佣很多，不过几乎都是关西出身的人。两三年前来过一个茨城的小姑娘，已经回老家去了。现在有一个小姑娘，老家就在旁边的静冈县富士山脚下。除此以外，再没有来自关东地区的。因为赞子是大阪人，最初的房子也在大阪和神户之间，自然而然就如此了。战后从阪神之间搬到京都，又离开京都住到热海来，可妻子还是不喜欢关东人大大咧咧的样子，要找女佣一定去关西。现在，在热海伊豆山鸣泽家厨房出入的鱼店、蔬菜店的伙计都说一口流利的关东话，可女佣们一律用关西方言回答。一家人都是大阪腔，自然从关西乡下来到关东的姑娘们也没机会学到流畅伶俐的东京腔。就连切个萝卜咸菜，也不切成圆片，而是切成条形的呢。

虽说磊吉是东京人，可和现任妻子结婚二十多年来，从早到晚被周围叽里呱啦的关西方言包围着，到最后连自己也受到影响，说话怪了起来，生来的东京腔不知不觉没了踪影。一次和东京人讲话的时候，不小心把"扔"说成了"丢"，遭到嘲笑。夫妻之间有时因为风俗习惯的不同争吵起来，无奈对方又有女儿，又有妹妹，人数占优势，每次都是磊吉甘拜下风。

从西边过来的女佣们，到了热海之后，模仿进出的商贩，记住不少东京方言里的单词。比如，对着卖蔬菜的要说"老姜"，不说"土姜"；说"京菜"，不说"水菜"；说"芋头"，不说"小芋"；"魔芋丝"要说"魔芋条"；"魔芋条"要说"魔芋丝"；说"南瓜"，不说"南京"。碰到卖鱼的，要说"马头鱼"，不能说"方头鱼"；"六线鱼"不说"油目"；说"刺鲳"，不说"姥背"；说"小沙丁鱼干"，不说"小鳀鱼干"。不按照东京的说法，就没办法买东西，所以这些日常生活中必需的单词马上就记住了，可声调却改不过来。至于"あかん（akan）"、"あれへん（arehen）"、"しゃはります（shaharimasu）"、"どないです（donaidesu）"这些动词、助动词之类更是用起来肆无忌惮，根本不想改。从前在江户城里使用关西方言，会让人笑话；最近大阪的相声打入了东京，电影里也经常播放。在千仓家进出的商贩们也受到感染，时不时把"多少钱"的"ikura"说成"几多（nanbo）"；把"谢谢"的"arigatou"说成"多谢（ookini）"。

接下来，我想从自住吉的反高林到现在的伊豆山鸣泽为止受雇于千仓磊吉家的女佣之中，挑选几位让人难忘的姑娘，把她们的事迹记录下来。虽然打算如实记录，可毕竟是写小说，不能说没有几分润色。如果读者们以为本书中所记录的人物事件都与事实无误，定会令磊吉和各位人物原型感到困扰，这一点请各位读者务必予以考虑。

上文曾提到"磊吉在反高林正式成家"一事，其实那之前，磊吉就在芦屋与赞子悄悄同居了，只不过门牌上用了化名而已。说到这里，话题就扯远了，还是略去不谈。芦屋时代也曾用过女佣，不过在反高林才终于可以毫无顾忌地自立门户，那时最先来到磊吉家的女佣叫"阿初"，所以就先从"阿初"说起吧。

磊吉从未去过鹿儿岛县，对那里的地理不甚了解，只知道每年九月份，台风袭击九州方面时，报纸上一定会出现枕崎这个地名。看看地图，发现这个枕崎在九州的最南端，建有灯塔。阿初就出生在与枕崎一山之隔的川边郡西南方村（现在的坊津町）一个叫泊的渔村，家里以农业和渔业为生。

阿初是昭和十一年夏天来到千仓家的。在她之前，已经有"阿春"和"阿蜜"两个女佣，因为人手不够，所以请赞子的朋友、一位牙医的太太又介绍了阿初过来。那年，阿初二十岁，曾在神户做过两三户人家的女佣，本名咲花若江。千仓家按照大阪赞子娘家的旧俗，认为对女佣直呼其本名，是对其父母不敬，一直给女佣另起别名。阿初来了之后，大家一起商量，定了"初"这个名字。

虽说在神户做过女佣，可阿初似乎有点不经世故。初次见到磊吉和太太时，就啪哒一声跪在走廊上，磕头行礼。

赞子问她："之前在神户的哪里做工？"

"是在布引那里。"

"在那里做了多久？"

"半个月。"

"为什么半个月就不做了呢？"

7

阿初只是傻笑，不回答。

"是主人不要你了吗？"

"不是的。"

"那是你自己不做的？"

"是的。"

"那是为什么呢？"

阿初依然只是傻笑，没有回答。看上去不像有什么大事，赞子也就没有追问。两三天后，阿春打听出了原因，跑来告诉赞子她们。据说是因为差点被那家的男主人侵犯，所以逃出来的。

"是吗？阿初吗？"

赞子她们你看看我，我看看你，觉得十分不可思议。的确，阿初相貌平平，实在称不上是美女。她本人也有自知之明，说是在布引之前的一家做女佣时，总是被那家的小公子嘲笑"摔一跤也碰不到鼻子"。因为一天到晚被嘲笑，阿初也很气愤。来到千仓家后，有一天阿初突然从厨房冲到客厅，大叫"少奶奶"。

这里要说明一下，称家里的太太作"少奶奶"是那个时候大阪旧家的习惯，千仓家直到战争结束之前都用这个称呼。

"少奶奶，果然是的。"

"什么事情啊？"赞子问道。

"果然像那家的小公子说的那样。"

阿初边说边不停地摸着脸蛋。原来她刚刚在厨房门口跌倒，脸蛋蹭在地上破了皮。可是鼻子却一点没事，所以特地来向少奶奶汇报的。

记得战后，电影《乱世佳人》中出现过一个黑人女佣。千仓家的小姐睦子常说，一看见那个黑人女佣，就会想起阿初的脸。

第二回

阿初圆圆脸、高颧骨、大嘴巴、下巴翘，的确和那个黑人女佣有几分相像。不过，一双圆圆的眼睛很可爱，而且牙齿洁白整齐，说话的时候看得见牙齿润泽光亮。

阿初的优点不在相貌，在于身材。睦子说她像电影里的黑人女佣，是指脸庞的轮廓，其实阿初皮肤很白，身材丰满富态，并不难看。在三十年前的二十岁女子中，算得上个子高挑，干净清爽。她手指很长，脚虽然有点大，但形状不错。磊吉没有见过她的裸体，不过据睦子说，阿初的胸部比玛丽莲·梦露还美。

女佣穿起洋装，是战后的事情，在这个故事开始的年代，她们大多穿着和服。有一次，磊吉在二楼看见阿初罕见地穿着崭新的洋装——在当时可是非常时尚的打扮——请了假准备出门。阿初匀称的身材令磊吉惊叹，肩膀、手臂、胸部都很饱满，双腿笔直，又不瘦削，穿着皮鞋的脚步也很优美。令人赞叹的是，阿初总是穿着干干净净，十分注重形象。磊吉不喜欢脚底很脏的女人，而阿初永远脚底雪白，像是用毛巾刚刚擦拭过一样。从领口窥见的内衣也从来都是新洗过的，不带半点污渍。

磊吉常常想，虽然相貌一般，但有如此高挑的个头和完美身材的姑娘，要是出生在大城市，家境又好，一定会在衣着饰物和化妆方面十分用心，长大成人后不知比现在要出挑多少倍。即便是那般的相貌，如果从女校毕业，眼睛里充满知性的光芒，一定也举手投足间带有一种魅力的。想到这里，不禁可怜起这个出生在九州偏远贫困渔村的姑娘了。

眼看着阿初到千仓家一年多了，就在这个时候，阿初的表妹阿悦提着一个柳条箱住了进来。这个小姑娘并不是刚从鹿儿岛出来，其实一直在离反高林不远的住吉地方做女佣，说是被主人家的小姐欺负才逃出来的。阿悦后来就在千仓家住下了，她个子比阿初矮，胖墩墩的，没什么特别之处，不过老实正直这一点倒是和阿初一样。阿初个子大，人也大大咧咧的，有点领导才能，同乡的小姑娘们都当她是"大姐头"跟随她左右。不光是阿悦，泊村这个地方出来的女孩子们顺藤摸瓜似的一个个地找过来。有人从九州的最南端千里迢迢地赶来，无处可去，暂时先在阿初的房间里落个脚；也有人一直在大阪神户这一带做工，不满意现在的工作，来找阿初商量今后的出路。每次阿初都让她们留下住在自己的房间里。千仓家也不能坐视不管，必须分别为她们各自介绍去处。有时候一下子来了三四个，被褥也不够用，大方的阿初不管三七二十一把家里给客人准备的被褥全都拿出来，让赞子也不知所措。

阿初的女佣房间，面积不过四张半榻榻米大小，有时候一下子要住七八个小姑娘，横七竖八像金枪鱼似的，那可真是热闹啊。阿春和阿蜜不知被赶去了哪里，其余的人有的被挤得贴在墙上，有的睡到了外面的地板上，来自西南方村的女孩子们围着阿初叽里呱啦地说着听不懂的鹿儿岛方言，简直比枕崎的水产市场还要嘈杂。磊吉把女佣房间的这个女子聚会称为"鹿儿岛妇女会"，当然阿初是这个妇女会的头儿，执掌牛耳。大家都敬她几分，听了她的吩咐，马上就去办。

一来大家都是投奔阿初而来，本来就低她几分，二来鹿儿岛这个地方还保留着封建的老传统，对于年长者的话总是言听计从。按当地老人们的说法，这可是鹿儿岛的美风良俗。的确这些女孩子里，阿初年纪最长，其余的都是十六七岁，或者十八九岁，自然而然阿初可以在她们面前威风起来了。

那时，在阪神沿线的深江和鱼崎之间有一个高尔夫练习场。一个叫新田的青年在那里做教练，新田时常到千仓家来玩，和赞子、䳭子她们聊聊天，或是领着睦子去附近的海水浴场。一个夏天的晚上，十点多了，家人们都出去纳凉不在家，新田也不知道，从后门进来，路过女佣房间，房门大敞四开，灯火通明，妇女会的姑娘们聊得筋疲力尽，全都呼呼大睡。只见阿初睡在横七竖八的女孩子们身上，袒胸露乳，玛丽莲·梦露般的豪乳一览无余。新田大吃一惊正想逃走，转念又一想，这么精彩的裸体展难得一见，又转身回来，拿出正好带在身边的相机，从层层叠叠的大腿之间走进去，上下左右、耐心仔细地拍了很多照片。

第二天，新田把洗好的照片拿来偷偷给赞子看。

"你什么时候拍的这些照片？这个玩笑开不得！"

赞子赶忙把照片没收了，也没有给磊吉看。听赞子说，照片上的阿初充满了诱惑力。

阿初和磊吉家人讲话的时候，基本说关西话。可一旦加入妇女会的小圈子，马上一口神奇的方言，旁边听着一句话也不懂。只有睦子总是去女佣房间玩，不知不觉地和妇女会的姑娘们熟络起来，慢慢学会了她们的方言，很自豪地宣布：她们说的话全都能听懂。下列单词表，就是睦子为母亲她们制作的方言集的一部分，现举例如下：

げんきやいこ（genkiyaiko）（你好吗?）

いけんすいもんか（ikensuimonka）（怎么办啊。）

くれめっこ（kuremekko）（给我。）

がっつい（gattui）（不得了!）

でこん（dekon）（萝卜）

にじん（nijin）（胡萝卜）

ほんのこち（honnokochi）（真的!）

まこてー（makotee）（实在是!）

ほんのこちまこてーいけんすいもんか（honnokochimakotee ikennsuimonka）（非常为难时使用。）

ない云はっとこ（naiiwattoko）（你说什么呢。）

ないせらっとこ（naiserattoko）（你干什么呢。批评别人时使用。）

おい（oi）（自己）

あっこ（akko）（你）

ぬつど（netudo）（睡觉）

きめちょー（kimechoo）（来啊!）

どけえいかっこ（dokeeikakko）（你去哪儿?）

よかはなつぢゃらい（yokahanatujarai）（好事情!）

都说"南蛮鸟语"，的确如此，简直比英语和法语还难懂。写出来还有几分明白，这要是抑扬顿挫地快嘴说出来，实在是让人摸不着头脑。

一次，磊吉和妻子争吵起来，阿初故意用鹿儿岛方言给赞子帮腔：

"いけすかない爺さん（ikesukanaijiisann）"

睦子翻译说，相当于"你这个老爷子怎么这样！"くれめっこ（kuremekko）（给我！）这个词大家都记住了，动不动就说："茶くれめっこ（kuremekko）！""饭くれめっこ（kuremekko）！"

和磊吉家里人说关西话的时候，阿初也会时常夹杂一些奇怪的发音和声调。比如说，把"からだ（karada）"说成"かだら（kadara）"。

给她纠正："不是かだら（kadara），是からだ（karada）。"她还是说不出来，还是"かだら（kadara）"。

另外，"だ（da）"这个音总是会说成"ら（ra）"。

"よだれがだらだら（yodaregadaradara）（口水连连）"说成"よられがらららら（yoraregararararara）"。

想模仿东京人说"しちゃった（sichatta）（做完了）"，却变成了"したっちゃ（shitaccha）"，颠三倒四的。还有每当遇到什么令人吃惊的事情的时候，就会大叫"たあー（taa）！"不光是阿初如此，妇女会的姑娘们无一例外。

前面说过，千仓家有个叫阿悦的女佣，这个"yue"的发音，鹿儿岛人也和一般人不一样，每次都把"y"发成重音。

其他女孩子的名字也有很多听起来怪怪的。比如说，有个叫

"ふこ（fuko）"，估计是"ふく（fuku）"的变音，说不定户口上也写的是"ふこ（fuko）"。这还算容易懂的，还有"えす（esu）""つみ（tumi）""よつ（yotu）""えず（ezu）""りと（rito）""きえ（kie）"，这些名字实在搞不懂汉字该怎么写。

别看阿初在老乡面前一副"大姐头"派头，威风凛凛，其实私底下胆子很小。偶尔有推销的或者讨饭的从后门进来，阿初马上就会浑身颤抖，真是把牙齿咬得咯吱咯吱响。有一次，阿初大叫着"哑巴乞丐来了"冲进厨房，随后脑贫血晕倒，引起一阵骚乱。实在不知道这个哑巴乞丐为什么如此让她害怕。

阿初虽然块头大，却有点神经质，最怕肺结核。据说在阿初老家，一旦得了肺结核，就会被孤立。一家之中有人得了肺结核，就在深山里搭个小棚子，把病人送进去，除了送饭之外，就连家人也从不靠近。所以生这个肺病是最令人恐惧的事情，阿初的两个哥哥，其中一个就因肺病而死，另一个也因脊柱结核卧床不起。难怪阿初会如此神经紧张。每当身体有点不舒服，她就会以为自己得了肺结核，一个人心事重重。这种时候，无论别人和她说什么，她都没有反应，一副河豚鱼皮灯笼①似的鼓着腮帮子噘着嘴。

"照镜子看看你那副面孔吧。"

每次赞子都这样说她，见她总是这副样子，赞子也生气了："像你这样的派不上用场，回老家去吧。"这么一说，阿初竟然老老实实地回答："好，那我回去。"没过几天，还是又回来了。这样的事情有过两三次。

---

① 先把河豚鱼去肉和骨头，然后向鱼皮里充气使其膨胀起来，晒干后做成的灯笼。

第三回

　　关门隧道①还未开通的时候，阿初从阪神之间的住吉村回一趟老家，路上花费的时间比现在长得多。首先，从泊村到私铁南萨线的终点枕崎站就有近十二里路。虽然有公交大巴，阿初还是基本步行。从枕崎到国铁车站伊集院这一段的南萨线后来才改成内燃机车，当时还是蒸汽机车，要走两个小时。到了伊集院车站后，乘坐开往鹿儿岛的快车，再从鹿儿岛乘坐直达列车到达神户。不过，从伊集院到门司路上要九个半小时，摆渡船等十分钟，乘船时间为十五分钟，到了下关等火车要三十五分钟，然后从下关到神户再开十个小时十三分钟，算下来从枕崎到神户一共需要二十二个小时四十三分钟。而且从伊集院上车，基本没有空座，一直要站到鹿儿岛车站。从神户下车后，在三宫站换乘省线电车，最终到达住吉，前前后后一共二十五六个小时。当时火车票大约十圆左右，不过对阿初来说，以前连眼皮底下的鹿儿岛都很少去，那个有名的指宿温泉更是出生以来从未去过，这么一个乡下姑娘跑这一趟远路实在是大旅行。加之她有点晕车，在火车上几乎不吃东西，一到住吉已经累得筋疲力尽，那么结实的人也要昏睡一天一夜。

赞子说她"派不上用场，回老家去吧"，她就鼓着腮帮子噘着嘴走了，半年之后再回来的时候，问她："在乡下都做什么了？"

她答道："和妈妈两个人干农活，打鱼。"

又问她："你爸爸呢？"

她回答："已经过世了。"

上文提到过，她有两个哥哥，一个死了，一个得了脊柱结核卧床不起，除此之外，问她是否还有其他兄弟姐妹，她说："还有一个姐姐。"

"那姐姐在做什么呢？"

"在纪州和歌山那边。"

"在和歌山做什么呢？是嫁到那边的吗？"

这么问她，她就说："没有，在那边做工。"

"你姐姐多大了？"

"二十六了。"

"为什么要到和歌山那边去呢？"

阿初也不回答，只是说："去年到和歌山去的。"

她最初一直隐瞒，后来被问得多了，才含含糊糊地说，好像姐姐是被卖到那边去的。阿初的姐姐五六年前从老家来到神户，一开始在一个正经人家做工。可是家里太穷，父亲欠下的债越积越多，每个月都必须给老家寄钱，实在没办法就预支了三千圆后住进了一个人家，后来又辗转去了和歌山那边。

"其余的兄弟姐妹呢？"

"还有一个弟弟。"

---

① 连接下关与门司之间的隧道。

"弟弟多大了?"

说是弟弟今年十七,去年开始上了鲣鱼渔船,出海捕鱼。

阿初回到老家后,也一点不轻松,一天到晚在田里、海边干重活。在反高林这里,一天三餐都吃白米饭,可是回到乡下只能吃红薯。人也瘦了,眼窝凹陷,颧骨越发突出,雪白的皮肤几天就晒成了深褐色。本就不好看的面孔越发难看起来,半年之后再见时实在是惨不忍睹。

"哎呀,阿初怎么变成这个样子了?"

千仓家的人看见阿初一转眼像是变了个人,既惊讶,又可怜她。不过奇妙的是,一两个月过后,阿初深褐色的皮肤开始慢慢颜色变浅,脸颊和身上也长出肉来,不知不觉地又变回那个肤白丰满的阿初了。

"好不容易回老家一趟,还那么一天到晚干活,晒得黝黑,就没意思了。"

"是的。"

"男男女女都那么累吗?"

"是的。"

"就没什么消遣的吗?"

"也不是人人都不消遣。"

听阿初说,在她们乡下,男人们夜里都走婚。夜里走婚叫做"夜话",走婚的男子就叫"夜话男"。女人们从不拒绝。另外,结婚叫"迎女",按照乡下的老规矩,男人正式"迎女"之前,都要试婚,满意就正式娶为妻子,不满意就打发走。这种试婚又叫"入足",日本全国各地都有这个习俗,并不仅仅是阿初乡下老家。如果"入足"后，被男方嫌弃，女方就像什么事都没发生似的回娘家去，亲戚朋友也不会有人指责。就这样男方女方一直试婚到双方满意为止。

"也有人来阿初这里走婚吗？"

"没有。在我们村也就只有我没有吧。"

"真的吗？真的一个也没有吗？"

"是的，不过倒是有一次我把想走婚的男人给赶跑了。"

阿初这么说，只能说明她在村里是有名的丑女，实在没什么骄傲的。

反高林的千仓家建在住吉川的河堤上，东面对着河这一侧是正门，朝西沿着河堤往古新田方向下去那一侧有个后门。商贩们都从后门进出，直接去厨房。厨房门外有一口井，是用电动机汲水上来的。男人们一有空就到井边来和女佣们闲聊。阿初也不知什么时候和关西配电的修理工寺田要好起来，保险丝坏了，电熨斗出故障了，每次都打电话给寺田，寺田接到电话马上就赶过来，和阿初在井边嘀嘀咕咕地聊个没完。赞子比较宽大，也明事理，想着人家把姑娘托付给你，不能出什么差错，不过她并不反对女佣们谈男朋友。后来，这个寺田又领着关西配电的其他年轻人过来，两个三个的，没多久阿悦、阿春、阿蜜都在关西配电找到了男朋友。晚上夜深人静之后，偷偷地约着外出，或是煲电话粥，有一次睦子就看到女佣们把门铃用纸包了起来。

不过，不是为赞子辩解，的确阿初和其他女佣从来没有背着主人家干出什么错事。赞子一直和女孩子们说，你们也年纪不小了，如果有喜欢的人不要瞒着我，我不会不容分说就阻止你们。不过话说回来，坏男人还是有的，如果你们交往一段时间，认定是这个人了，我会直接找这个男人谈谈，然后再和你们老家的父母联系，为你们做个媒人也可以。只是在那之前，和男朋友交往没问题，但要守住底线。女佣们都信任赞子，赞子也对她们比较放心，据磊吉所知，双方都没有辜负彼此的信任。当然，这么多年用过的女佣很多，不能说没有一两个例外，不过总的来说，女佣们偶尔在赞子面前任性一下，但绝不至于得寸进尺欺骗赞子。

阿初是昭和十一年到住吉来的，第二年"日中事变"① 就爆发了。如果没有这个事变，阿初和寺田的关系不知会发展到哪一步，其他的女佣也说不定会和各自的男友缔结良缘。随着时局越来越紧张，这一对对的都没有走到最后，男朋友们一两年之间都应征上了战场。大多数人家的女佣都纷纷告假回老家，只有千仓家多亏有阿初，到这个时候还可以随时从鹿儿岛叫人过来帮忙，甚至有时候还介绍多余的人手去别人家。

---

① 即卢沟桥事变。

第四回

　　阿初买鱼很挑剔，即便磊吉让她买，她也不会马上出手，一定要翻开鱼鳃看看，"这个不新鲜了""这个可以吃"，一一进行品鉴。她在渔村长大，说是比起非常新鲜的鱼，更喜欢吃有点鱼腥气的，那样觉得更有大海的味道。

　　热海这个地方真正繁荣起来是战后的事情了。当时填海新造的大片土地上，一幢像样的房子也没有，孩子们把那里当成运动场，练习棒球传球和接球，有时候也有镇上的青年们进行军事训练。昭和二十五年那场大火灾之前，热海银座还是一片明治时期温泉浴场的景象。现在位居道路正中央的"阿宫之松"①，当时孤零零地立在海边，旁边立着柳川春叶②的俳句句碑，上面写着"春月之下，仿佛阿松的背影"。

　　"阿初，你们老家什么样？和这里不一样吗？"

　　"哪里，和我老家像得很。"

　　阿初说热海的地势和泊村一模一样，一片狭窄的平地背靠着山，面前是曲折的港湾，虽然第一次来到大阪以东的这个地方，可一下火车，她就想起了自己的老家。

据说坊津，也就是现在的泊村，在长崎港开港之前一直是繁华的港口，至今还流传着"坊津街头千幢屋，隐入出船千艘帆"这样的民谣。古代遣唐使就从此地出发，又在此地登陆返回，当时甚至被称为"唐之港"。后来坊津逐渐萧条下来，变成了现在的小渔港。阿初说，泊村景色之美非热海可比，锦之浦在热海已经算得上是名胜，可这样的地方在泊村比比皆是，坊津八景、耳取峰、双剑石每处都是风景如画。热海这里多橘树、橙树，泊村后山的梯田也到处都是果实累累的甜橘树、橘树。气候温暖、和风煦煦，大海的颜色、云朵的变化、波涛的声音都和这里一模一样。

赞子的妹妹鸤子也住在住吉，磊吉在热海购置别墅那一年的前一年，也就是昭和十六年四月嫁到了东京的飞鸟井家，新居在东横线的祐天寺车站附近。鸤子有时到热海来，和赞子碰面，不过昭和十七十八年战事吃紧之前，赞子大多不愿来关东这边，一直住在住吉。

昭和十九年正月里，磊吉在给赞子的书信里附上一首和歌："莺歌燕舞纷纷至，西山小庭梅盛开"，可赞子依然安居不动，偶尔过来热海一次，也是要么去东京，要么待不了几天就回住吉去了。这样一来，磊吉只好不停往返于住吉和热海之间，不过和阿初两个人住在西山这边的时间还是比较多的。

磊吉写的小说被军部盯上，写出来也没有人敢刊登，为了打发时间，只好听听广播，放放唱片，或者出去找吃的。尽管如此，也

---

① 明治三十年代，热海因作家尾崎红叶的畅销小说《金色夜叉》而闻名。小说中主人公阿松和贯一分手的地方有一棵大松树，被命名为"阿宫之松"。
② 柳川春叶（1877—1918），明治时期的作家，以创作家庭小说闻名。事实上，这里提到的俳句为尾崎红叶的弟子小栗风叶所作。

并不觉得无聊，这多亏了阿初每天烹制的精美菜肴。天气好的时候，磊吉把藤椅搬到庭院的草坪上，让阿初给自己理发。磊吉是个急性子，讨厌在理发店等很久，所以总是在家里剪头发。阿初来了之后，这个就成了她的工作。磊吉让她用剪刀，不用推子，一开始剪得参差不齐，后来慢慢就熟练了。两个人在院子里除草，修剪草坪，日子一天天也就过去了。

磊吉不知道阿初是怎样看待自己的。一天晚上，磊吉半夜有事去叫阿初，发现女佣房间的门从里面紧紧地锁着。（门锁并不是阿初自己装的，原来就有。）听见磊吉叫自己，阿初马上起来打开门，穿着睡衣就出来了，不过应该说还是对磊吉有几分戒备吧。半夜去叫阿初的事情以后再也没有发生，也不知道那之后她是否还是一直紧锁房门。

阿初是昭和十一年来磊吉家的，昭和十九年秋天左右，老家来信说母亲生病，叫她回去。刚来的时候阿初二十岁，掐指算来在磊吉家干了九年，回老家那年应该是二十八岁。阿初临走的两三天前，作为饯行又给磊吉剪了头发。那天风和日丽，分外悠闲，一点感觉不到战争的阴霾，午后满院子的阳光映照在阿初脸上，让阿初的面庞分外鲜明，清脆的剪刀声至今还响在耳边。

"战争结束以后，一定要回来啊。"

"一定会的。"

阿初看上去并不十分伤感，开开心心、精神饱满地从来宫车站出发了。磊吉到车站送行，并作诗一首以表达送别之意。

萨摩泊村捕鱼日，勿忘伊豆温泉乡。

22

那年四月左右，赞子和睦子也搬来热海，睦子从甲南女校转到伊东女校读书。昭和十八年，住吉的房子卖掉后，曾经搬到对岸的鱼崎，现在房子就交给赞子的二妹井上照子和表妹岛田一家看管。曾经热闹一时的鹿儿岛妇女会如今不剩一人。阿初是第一个来的，最后一个走的，阿蜜在阿初走之前就嫁到小仓地方去了。阿蜜也是任劳任怨、干得很好的一个，有一年夏天她一个人在西山别墅留守，每天没有事情做，就把院子里的杂草拔了个一干二净，让磊吉着实惊叹。战后阿蜜曾经带着孩子到京都家里来玩，后来就没有消息了。

阿初在老家待了两年，战争结束后，昭和二十一年春天，回到千仓家在冈山县胜山的临时避难之所。后来千仓家回到京都，从南禅寺搬到下鸭的住所，阿初一直都在，说起来话又长了，战争中的事情姑且先讲到这里。热海这边在昭和十八年的时候还可以靠黑市物资勉强度日，一条比目鱼卖到一百圆，也还吃得上。可到了昭和十九年，彻底没了办法，阿初也是巧妇难为无米之炊。阿初离开西山的时候，附近蓄水池附近已经立起了稻草人，女人们被拉去做竹矛演练，阿初也曾被叫去两三次。回到泊村之后，更是不比热海，一边要照顾生病的母亲和患脊椎结核的哥哥，一边又要干活，一定吃了不少苦。不过令人惊叹的是阿初还时常寄信过来。这里有一封昭和二十年年底阿初寄来的信。

少奶奶：

　　前日劳烦您特地寄来东西，非常感谢！为了我这样的人，少奶奶和先生这么费心，实在不知该如何感谢。可惜的是寄来的包裹已经损坏，东西少了一些，海参只××两

23

个，让人心疼得想哭。本该早点致谢，因为我十二日开始去熊本，用盐交换大米，所以拖至今日，请您见谅。我们这里现在盛行去熊本和佐贺换大米，大多用盐和衣物去交换。十二日那天，我冒着大雨，背着装有十三升盐的行李箱，走了二十里路到车站，又排了一整夜的队买火车票。第二天换回十三升大米，回来的火车上都是复员军人和换大米的人，非常拥挤，十分辛苦。每天各个村子换大米的人大约聚起七八十人去熊本。回到枕崎已经晚上九点多了，又背着十三升的大米走二十里路，半夜十二点多到家。在火车上，在路上，一直想着难道一定要这么辛苦才能活下去吗？回到家里，母亲和哥哥看见雪白的大米喜笑颜开，一路的辛苦飞到九霄云外。能够吃饱大米饭，都是托了您的福，运气不好的人，好不容易辛苦换回来的大米被警察没收。台湾那边也陆陆续续有人回来，弟弟还没回来，不过十四日寄来了明信片，知道他一切都好，全家人都放心了，说是最近也可以回来了。

最后请代向您家人问好！

　　　　　　　　　　　　　　　　阿初　敬上

以上是信件原文，我没有订正一字一句。虽然新旧假名混用，不过汉字仅有一处写错。笔迹幼稚而拙劣，但是一笔一画写得清清楚楚。文章内容明了，意思通顺。我想阿初应该小学毕业，在乡下渔村长大的姑娘能够写出这么周全的长文，一定是个聪明人。

信中写道："海参只××两个"，这里说的海参，是指海参饼，信纸破了，有两个字看不清楚，大概是说海参饼只剩下两个吧。信中还提到复员军人，大概这封信是战争刚结束的时候写的，第二年春天阿初就回到胜山了。除了这封信之外，还收到过几封，可惜都遗失了。那么偏僻的渔村好像也有敌机空袭，说是空袭一来就躲到山里面去。磊吉记得在那封信里还出现了"丑翼"两个字，当时的报纸上都把美国的飞机称作"丑翼"，阿初一定也是从报纸上学来这么难写的汉字，让人好笑。

千仓一家从胜山的避难之所回到京都，是那年五月份，阿初也一直跟着。因为找不到合适的住所，就先租了一处房子，在寺町今出川上游那里一户叫"龟井"的人家。"龟井"家里就住着一位赋闲的老太太，二楼中间隔着走廊有两间房间，一楼也同样是两间房，另外还有厨房、浴室和小院子，还算宽敞。千仓家租了二楼的两间。老太太人很好，又热心，让千仓家不必一直待在楼上，吃饭的时候可以使用楼下的客厅，厨房也随便用，老太太自己在有大火盆的房间里和阿初两个人像朋友一样相处。老太太有一个儿子，因为工作关系住在中京那边，能够找到一起住的人热热闹闹的，老太太非常开心。磊吉一家搬来不久，在北海道工作的赞子的妹夫飞鸟井次郎也辞掉了那边的工作搬来京都，在植物园里新建的驻日盟军将校俱乐部做经理，飞鸟井次郎夫妇暂时就借住在一楼的客厅。这下子龟井家成了大家庭，老太太、磊吉、赞子、睦子、次郎、鸠子，再加上阿初，一共七口人。

又过了一阵子，嫁到尼崎的阿春的丈夫从南洋战场复员回来，一天夫妻俩到龟井家拜访。说是要在京都找工作，赞子想起在开往鞍马的电车线路沿线的一个叫"市原"的地方，有一处远房亲戚的房子，就帮着她们借了那个农户家的一间房。阿春在丈夫中延找工作期间，时常过来玩，帮着老朋友阿初在厨房里干活。后来中延在吉田的牛宫町开了一家旧书店，阿春也开始在九条东寺附近的夜市卖旧书，帮着丈夫一起拼命挣钱，很少来龟井家这边。大概就在这个时候，阿初又给老家写信，叫来了一个叫阿梅的姑娘。估计是赞子看着世道平稳下来，千仓家也开始习惯京都的生活，决定再增加一个厨房的人手，阿初对此也表示赞成，所以又去老家找合适的姑娘过来。

第五回

　　阿梅来京都的第一天，就发生了一件令人难忘的事情。

　　阿梅当时（阿梅是千仓家对她的称呼，原名叫"阿国"）虚岁十七，周岁大概十五六岁吧。和阿初同村，高小毕业后在乡下父母身边待了一两年，正好阿初来信，这才决定离开老家，一个人踏上漫漫旅途，在京都车站下了车。以往女孩子第一次从鹿儿岛过来的时候，都等着有熟人来京都的机会，一起过来。不巧阿梅出发的时候，找不到合适的人，只能可怜兮兮地一个人被撂在了站台上。按道理事先发了电报，阿初应该到车站去接，大概电报上没有写清楚还是其他原因，总之，阿梅下车的时候，没有一个人去接站。没办法，她只好抱着重重的行李，按照地址，从寺町的今出川走了几个街区，奔着龟井这边过来。

　　众所周知，从今出川走过几个街区，意味着从京都南端的七条车站，纵贯整个京都一直向北。战争刚结束，街上也没有出租车，只能从七条站乘坐电车到乌丸今出川边，再从那里一路打听而来，等阿梅找到龟井家的时候已经是当天的傍晚时分了。

　　"我是阿梅。"

当阿梅推开门自我介绍的时候，千仓一家这才放下心来，看着这个可爱的小姑娘居然一个人找了过来，真是惊叹不已。

说到惊叹，不能不提阿梅讲了一口流利的标准语。阿初直到现在还改不了方言的影响，仍旧"かだら"、"よられ"地不分，而阿梅只有和阿初讲话的时候才会说方言，和磊吉他们都说标准语。她一个人能在京都的大街上四处问路找到龟井这里，是因为她没有说难懂的鹿儿岛方言，而是用流畅的标准语向人家说明门牌号的缘故。阿初做事谨慎，从老家叫人过来的时候，一定事先充分打听好，确定为人没有问题。阿初这样细心，自然她看上的姑娘没有错，阿梅聪明伶俐，单这一件事情就看得出来。

阿梅十七岁，估计个子还会再长高，和阿初这个大个子比起来，算得上是身材娇小，圆圆脸，白白胖胖的，不知是谁说她像个小套娃，后来大家就"小套娃""小套娃"地叫开了。上文说到尊敬年长者是鹿儿岛那里的美风良俗，阿梅也是对阿初言听计从，绝对不说二话。想想这个刚从小学毕业的小女孩，父母怎么舍得让她一个人离家到外地呢，赞子便问起阿梅家里的情况，说是父母都已经过世，父亲是喝醉酒骑自行车出门，掉到河里淹死的。阿梅是独生女，幸好爷爷的姐姐还健在，家境也不错，就被收养过去了。

阿梅来了之后不久，千仓家就在南禅寺下河原町找到合适的房子搬了过去。那是昭和二十一年接近年关的十一月底。这里离因红叶闻名的永观堂不远，客厅面对着一个小庭院，白川自北向南从院子前面流过。磊吉坐在书房的书桌前，听见白川的潺潺水声，甚是满意，二话不说把房子买了下来。出门走不远的西福寺里有上田秋成[①]的

---

① 上田秋成（1734—1809），江户时期的国学家、诗人、作家。

墓，还有因小堀远州①建造的庭院而知名的金地院，山县公②的无邻庵等名胜，平安神宫也在附近。

磊吉一家搬走后，飞鸟井次郎和鸠子夫妇仍旧暂住在龟井家的楼下，后来在加茂大桥附近的三井别墅找到合适的房子，也搬走了。每天鸠子送丈夫次郎去植物园的将校俱乐部上班之后，就到南禅寺的姐姐家来玩。

第二年（昭和二十二年）年底到翌年（昭和二十三年）春天，磊吉夫妇受不了京都的严寒，躲到熟悉的热海去避寒。战时住过的西山别墅，早在疏散到冈山县胜山的时候就处理了，所以暂时借住在东京山王宾馆热海分店 T 氏的别墅里。这样一来，南禅寺的家里只剩下睦子一个人，飞鸟井次郎夫妇过来帮忙照看。于是又需要再雇两三个女佣。T 氏的别墅这边一个，飞鸟井次郎夫妇住到南禅寺，原来的三井别墅那边也需要一个人，南禅寺这里一下子变成了睦子和飞鸟井次郎夫妇三个人，一个女佣不够，还需要一个人。阿初又赶紧从鹿儿岛老家叫来"美纪"和"阿增"两个姑娘。

两人一起坐火车过来。阿增曾经在大阪神户这边打工，战争中回了老家，所以并不是第一次出远门，她的名字实在少见，赞子再三问她是不是"阿升"或者"阿正"，她每次都说："没错，就是阿增。"据说，户籍上的确写着"阿增"。她二十四五岁的样子，小个子，小眼睛，鼻梁不高，脸色也不好，相貌平平。美纪则是第一次离家，十六岁，性子急，总是话听到一半就忙着跑出去了。暂时定

① 小堀远州（1579—1647），江户时期的建筑家、茶道家。
② 山县公，即山县有朋（1838—1922），明治时期的政治家，参与创建陆军，曾两度组阁。

下来阿初在热海，阿增在三井别墅，阿梅和美纪在南禅寺。"美纪"和"阿增"都是她们的本名，战后给用人起临时名字的做法也慢慢过时了。

磊吉夫妇在热海住到四月中旬，之后一直在热海和京都之间交替住着。女佣这边并没有固定下来，阿初回京都后，阿梅过来，美纪和阿增有时候也来热海看房子。除了这四个姑娘之外，有时候也有一两个临时住进来，可很快又到别处去了。不过她们都是阿初看中的老家鹿儿岛的姑娘。阿初现在完全习惯了京都的生活，每天一个人去锦小路的市场买菜。

那是昭和二十三年的冬天，磊吉夫妇去了热海，不在南禅寺家里。二月份立春的前一天晚上，飞鸟井夫妇、睦子、阿梅和阿增在南禅寺家中，睦子睡在二楼东侧的房间，西侧的房间是飞鸟井夫妇。凌晨五点左右，突然有人跑上楼来，敲睦子的房门："小姐！小姐！"

睦子睁开眼睛问："谁啊？"

"小姐，阿梅出事了！"听上去是阿增的声音，好像在发抖。

"出什么事了？"

"阿梅翻着白眼，把隔扇门弄得当当响。我好害怕！"

睦子赶紧跟在阿增后面到楼下一看，果然女佣房间的门剧烈地摇晃着，像是地震一样。打开门只见阿梅翻着白眼，像螃蟹似的口吐白沫，手脚像弹簧一样痉挛不止。飞鸟井夫妇也下楼来，看见平日里那个像套娃一样可爱的阿梅，眼角上扬，整个脸扭曲成了奇怪的形状，四仰八叉地躺在被子上，伸胳膊蹬腿。当当响的声音是阿梅一会儿踢开隔扇门，一会儿蹬腿踢脚弄出来的声响。睦子赶紧给熟悉的小岛医生打电话，三十几岁尚在独身、直爽风趣的医生马上飞奔而来，看了病人一眼，一口断定是癫痫。鸠子心里想，怎么可能是癫痫呢，那么伶俐的小姑娘，来这里都一年多了，从来没有发过癫痫，不会是因为什么其他原因脑子出了问题吧。可小岛医生坚持认为："这就是癫痫发作。"医生让其他人帮忙强行按住浑身痉挛的患者，好不容易注射了镇痉剂。打针的时候，病人还一直一边呻吟，一边拼命挣扎，突然一下子跳了起来坐好，接着就扑通倒下枕着医生的膝盖睡着了。病人动作实在太突然，让大家完全没有防备，都惊呆了。

第二天，阿梅还一直昏睡不醒。阿初前一天和阿增换班去了三井别墅，当晚不在场。第二天一早，鸠子就打电话把阿初叫了回来，替换阿增去三井别墅。因为自从昨晚看见阿梅翻着白眼不同寻常的样子，阿增就一直抖个不停，什么事情也做不了。没办法，这种时候只好指望阿初了。

谁知道这又是个错误。阿初回来的时候，病人也基本稳定下来，安静地昏睡不醒。阿初时不时去女佣房间看看，盯着睡得香甜的阿梅的脸看来看去。哪知道，病人突然像梦游者一样站了起来，自己打开隔扇门出去了。睦子和阿初都吓了一跳，拼命喊：

"阿梅，阿梅！你去哪里？没事吧。"

可阿梅一点反应也没有，一句话不说，眼睛直勾勾地盯着空中的某个点，悄无声息地顺着走廊走到洗手间，打开门若无其事地解手，又轻轻地出来回到床上倒头便睡。从走廊走回房间的时候，也是眼睛一直盯着空中的某个点。

也许是阿梅的样子实在太反常，这回阿初开始浑身发抖。当年哑巴乞丐来的时候，阿初也是这样一边叫着"哑巴！哑巴"，一边抖个不停。那天晚上，阿初睡在阿梅旁边，半夜里又开始浑身发抖，全家人都以为是病人又发作了，原来不是阿梅，是阿初因为白天的恐怖记忆，夜里做了噩梦，产生了幻觉。阿初发现是自己的错觉后，越发觉得恐怖，更加抖个不停了。

不用说，远在热海的磊吉夫妇马上收到了详细的汇报。飞鸟井次郎十分手巧，擅长画漫画，她把阿梅披头散发踢胳膊蹬腿的样子仔仔细细画了下来寄到热海。磊吉夫妇也没想到那个聪明懂事的姑娘竟然会得了这种怪病，难道真如小岛医生所说是癫痫吗？如果是的，一定要想办法给她治好。两人商量回到京都后，带阿梅去京都大学或者大阪大学医院，请专家看看之后再作决定。幸好二月份病人只发作了一次，两三天之后又恢复了平日里阿梅的样子。进入三月，京都来了消息，说是又连续发作了两三天，鸠子在信中说，确切的原因还不清楚，不过春分前一天，也就是阿梅第一次发作之前的两三天，她生平第一次去烫了头发。不是阿梅主动要去，是那个做了旧书店老板娘的阿春拼命劝说才去的。那时候的烫发不是现在的冷烫，都是电烫，要加热很久，阿梅回来说，头太烫，差一点就忍耐不住。鸠子怀疑可能是这个刺激成为诱因，引发了癫痫病发作。

第六回

　　四月中旬的时候，赞子领着阿梅去大阪大学附属医院的神经科看病。磊吉夫妇在热海赏过锦浦的樱花回到京都，又去平安神宫观赏那里的红色垂樱后，第二天就领着阿梅去了大阪。结果和小岛医生诊断的一样，的确是癫痫病。医生问阿梅："小时候有没有从高处摔下来撞到头的经历？"阿梅说："这么一说，记得四岁的时候曾经从房顶摔下来，碰到了头。"听了阿梅的话，专家肯定地说："就是这个原因。一般青春期的时候会引起癫痫发作，不过你却一直没事，多半是由于电烫时候高热的刺激引起了发作。不过先天性的癫痫病很难治愈，你这个是后天性的，用不着悲观，每天坚持服用这个镇痉剂的药片，慢慢发作就会减轻，直到最后痊愈。当然最彻底的治疗方法就是快点结婚。结婚之后这个病一定会好的。"

　　可是，阿梅的癫痫病并没有像大阪大学专家所说的那样轻易好转，一两年后阿梅回老家嫁给了阿初的弟弟，现在已经有了一儿一女，癫痫病的痕迹彻底不见了踪影。专家也的确没有说错，不过在千仓家期间，她还是时不时地把大家吓一跳，让大家不知如何是好。

　　千仓家昭和二十四年四月将南禅寺的房子转让给飞鸟井夫妇后，

搬到下鸭纠森附近，新房子房间多，又需要增加新的女佣了。这次不是阿初，而是女眷们经常光顾的和服店主人帮忙介绍的两个姑娘阿驹和阿定。阿驹是京都本地人，阿定出生在河内①。关于这两个姑娘的性格和身世留待下文详述。先说两人刚来的时候，目睹阿梅把隔扇门弄得叮当作响的场景，着实吓了一跳。

阿驹比阿定早来一两个月，这个姑娘有个怪毛病，无论什么事情，只要心里不舒服，马上就会恶心呕吐。而且她恶心的样子夸张得很，喉咙里发出巨大的声响，拼命地向外呕。看见个蜈蚣啦，在走廊上发现只蜘蛛啦，掉下来只蚰蜒啦，一点点小事都会让她马上作呕。有时候一边"呕、呕"地呕着，一边慌忙冲到外边，那是因为实在忍不住真的吐了出来。每次阿梅发作，弄得女佣的房门叮当作响的时候，阿驹必定会捂着嘴巴"呕、呕"地呕着逃出门去。叮当作响之外，再加上这个"呕、呕"的伴奏，这个家里简直闹翻了天。阿定来了之后，每次都浑身发抖地跑过来大叫："妈呀！"

赞子后来又领着阿梅去了一趟大阪大学附属医院，看她的发作每次都在月经前后，发作的两三天之前，本人好像也有预感，总是说：

"心里难受，要有事情。"

这个"要有事情"是鹿儿岛那里的说法，阿初、阿悦、美纪、阿增都这么说，意思就是"有点奇怪"。听阿梅自己讲，在发作之前的几天心里会特别不愉快，感觉满脑子都是些无法说明的复杂而奇怪的幻想。幻想不止一个，而是互相毫无关系的两三个幻象同时分别在头脑中进行着。各个幻想又分成几支，彼此没有联系地浮现

---

① 这里的河内，是茨城县的一个地名。

在脑海里，又各自持续地进行着。自己可以清晰地意识到这一点，实在让人不寒而栗。一到这个时期，周围的人也都看得出来："阿梅这是又要发作了。"有时候阿梅一边咯咯地笑着，一边追着阿驹和阿定，把手伸到人家的后背和胳肢窝挠痒痒，这就是马上要发作的前兆。只是每次她追的都是女人，从来没有追过男人。

每次发作程度都不同，因月份而异。不过每次发作一定会小便失禁，发作平息之后必定鼾声如雷地大睡。其中有一次，发作平息之后，阿梅突然站起身来，爬上厨房的水槽台面，像狗一样抬起一只脚解手。如果精神上特别兴奋或者受到特别的刺激，即便不是月经前后，也会发作。

昭和二十四年这年，千仓家又分成了两处：本宅和别墅。本宅在京都下鸭的纠森附近，别墅是把热海山王宾馆 T 氏的房子处理掉，搬到了仲田那里。于是京都和热海两边女佣的数量又增加了。那年年底大年夜，磊吉夫妇照例到热海避寒，女佣带过来了阿梅、阿驹，还有一个小姑娘，不记得是谁了。当天，那个小姑娘留在家里，阿梅和阿驹准备好大年初一的新年菜品后，告假去城里看电影。东宝电影院，上映的是罗伯特·泰勒和费雯丽主演的《魂断蓝桥》。因为是大年夜，电影院里人稀稀落落的，开演不久，阿驹就被电影情节感动得放声哭了起来。旁边的阿梅看不下去，捅捅她：

"阿驹，阿驹，你那么大声，多不像样啊。大家都在看你呢。"

可是虽然阿梅再三提醒，阿驹还是哭个不停，还时不时地夹杂着"呕、呕"的作呕声。每次呕一下，周围的观众都惊讶地看过来。阿梅实在忍受不了，逃到离阿驹远远的角落的座位坐下。可阿驹的哭声仍然不停地传过来，阿梅只能气鼓鼓地继续看电影。也许是受到了阿驹哭声的感染，阿梅也伤感起来，突然哇哇大哭起来。这样一来，直到电影结束为止，两人的嚎啕哭声在电影院里此起彼伏，响彻全场。第二天，也就是昭和二十五年元旦一大早，阿梅又癫痫发作了，多半是因为前一天晚上太过感动，这次发作比前几次都严重。

热海那场有名的大火发生在这一年的四月中旬，从十三号夜里一直烧到拂晓。当时磊吉夫妇正在京都，热海仲田的家中只有阿梅和小夜两个女佣留守。大火从海边填海造地的区域开始烧起来，火势慢慢向高地这边蔓延，一步一步逼近仲田的千仓家别墅。磊吉夫妇在下鸭家里听到广播中的报道，一时以为别墅一定保不住了。到第二天早晨才得知火势在离别墅几步之遥的地方被控制住了。那天晚上，阿梅和小夜把家里看上去值钱的东西都翻出来，连夜装进行李箱，或是打成包裹，搬去朋友家里，在通往西山的那条陡峭的山路上来来回回不知多少趟，真是功不可没。千仓夫妇从京都返回废墟中的热海，看见大多数街区都已化为乌有，一进别墅大门，就赶紧打招呼慰劳留守的女佣们。

"那么危急的时刻，终于躲过一劫，先生您真是命好啊。"

只有小夜一个人出来迎接，她总是喜欢这样拿腔作势地说话。

"阿梅呢？她怎么了？"

小夜一副为难的样子，说道：

"阿梅在二楼阳台。"

"阳台上吗？"

夫妇二人顺楼梯而上的时候，就听见二楼传来雷鸣般的鼾声。上到二楼，只见阿梅仰卧在阳光暴晒的阳台上，睡得正香，身边又是一摊小便。听小夜说，昨晚阿梅和小夜一起大干一场，也许是看见熊熊的大火兴奋了，到了今天中午，在二楼阳台眺望大火过后的废墟时，渐渐地举止奇怪起来，终于又癫痫发作起来。以往都是在夜里发作，白天很好。这次竟然大白天发作起来，之后便倒头昏睡了。

平时不发作的时候，阿梅很正常，只是听阿驹说，夜里睡在阿梅旁边的时候，她总是用自己的腿来缠住阿驹的腿，让人害怕得很。阿梅还喜欢喝酒，有时候一个人在厨房里偷着喝热过剩下的酒。在京都的时候，有一次让她喝酒，结果大醉之后，她抓住睦子的哥哥启助大喝："喂！给我拿水来！"

阿梅很会烧菜，到底是阿初调教出来的。她最擅长做蛋包饭，先在平底锅里把鸡蛋液摊成薄薄的一层，然后在上面放上火腿、肉末、海苔、鲷鱼等等，像包槲叶黏糕一样，用摊好的蛋皮把这些都包起来。

"嘿，嘿，嘿。"

嘴里连喊三声，把平底锅掂起来，巧妙地把鸡蛋翻了过来。阿驹把这叫做"燕子翻"，每次都要大喊："快来看啊，阿梅的燕子翻又开始了。"

阿梅的动作看起来慢吞吞的，其实熟练得很。她和一般人不一样的地方就是给萝卜和马铃薯削皮时拿刀的手法。一般都是用大拇指按住，另外四根手指把住另一侧，而阿梅则是一根食指放在刀背上，其他三根手指把住另一侧，打着转儿地削皮。不只是阿梅，阿初、阿悦、美纪、阿增，还有后来的阿节、阿银这些鹿儿岛来的姑娘都是这样的削皮方法。

阿梅还很幽默，赞子她们说的打趣话，她总是第一个听懂。"这个容易"这句话在鹿儿岛说"这个易事"。每次问她："这个你会做吗?"她总是回答："这个易事。"而不说"这个很简单"。

磊吉也不知不觉学会了这句话，动不动就模仿阿梅"这个易事"。阿梅听了，以后故意模仿磊吉的声音说"这个易事"，把大家都给逗笑了。

热海大火后的翌年，阿梅告假回乡。这期间，癫痫每月发作一次，发作后的第二天不吃不喝地昏睡一天。回老家三四年后，传来消息说，阿梅嫁给了从小搭鲣鱼船出海打鱼的阿初的弟弟。千仓一家人为阿梅举杯庆贺，总算放下心来。阿梅生了女儿后，正好前一年睦子的哥哥启助结婚有了个女孩，赞子把穿不下的小孩衣服不断地寄给阿梅，每次阿梅都回信感谢，说是做衣服的钱都省下了。就这样，书信往来从未中断，阿梅也经常寄来半干的木鱼花。阿梅回老家十一年了，现在到底变成什么样子了呢，直到最近才有机会见面。阿梅的老公安吉升职当上了轮机长，有时候船只追随鲣鱼鱼群停靠在静冈县的烧津港。这时候安吉一定提着一条大鲣鱼到热海这边来，聊聊老婆孩子的事情。一看到安吉，磊吉就会想起阿梅，也会因为这个长得很像姐姐的弟弟，想起阿初。每年一到鲣鱼季节，磊吉都盼着安吉能够过来。可是后来来得少了，好像鲣鱼渔船不在日本沿海，而是开往中国海到印度洋那边去了。

那时候的鲣鱼渔船都是木结构柴油机船，大型船只不过一百五十吨，小型的只有三十吨左右。听说安吉他们的渔船是五十吨级的，主要是远洋作业。鲣鱼都是一根鱼竿钓一条鱼，用活的小鱼做鱼饵。船员大约五十名左右，船长、捕捞负责人之外，还有轮机长、无线通讯员、大副、舵手、轮机员等等。船上主要装载燃料重油、储藏用水（这个水是用来养小鱼的，小鱼主要是青花鱼和沙丁鱼）、食物和饮用水、钓鱼用具等。鲣鱼早春随日本暖流北上，到了晚秋时节南下，以鱼群出现，活动敏捷，除了吃小鱼以外，也以浮游生物为食。捕捞区域从土噶喇群岛到南西诸岛、台湾近海一带，每次捕捞期为一个星期到三个星期，全年几乎无休。所以一个月只有一次，也就一两天时间能够回家和妻子儿女团聚而已。

第七回

"鲣鱼渔船上有很多有趣的事情发生吧。能不能讲给我听听。"

前些年，安吉到热海来的时候，磊吉这么问他。

"是啊，有很多事情先生和太太一定没有听说过。我没文化，讲不好，下次我找个朋友让他写下来寄给您。您一定看看。"

安吉这么说了一个月之后，果然寄来了一封信，里面附着一份手稿。

手稿的作者好像是安吉的朋友，文笔不错，以前曾经和安吉一起在鲣鱼渔船上工作，现在在政府机关里做文书工作。因此，这份手稿不是安吉口述、朋友笔录，而是这个朋友记录的自己的经历。原稿比较长，不过对于理解阿初、阿梅以及后来的阿节她们很有帮助，在此摘录开头的一部分。

泊港的凌晨静悄悄的。海边的微明之中，传来了人们精神饱满的声音。停泊在港口内的鲣鱼渔船某某丸上，突然从扩音器里传出热闹的流行歌曲，响彻整个港口。昨天满载而归的某某丸又要出海了。东方的天空渐渐明亮起来，船员们乘着一艘舢板从码头向着渔船驶去。船头悬挂的丰收旗迎着早晨的海风飘扬，威风凛凛。很快，某某丸开始发动起航，船头缓缓指向港外。船员的家属和朋友站在海岸上，不停地挥手送行。扩音器里的旋律变成了英勇的军舰进行曲，渔船乘风破浪向外海驶去。

这次的目标是日本暖流经过的南方海域。一路之上，必须把鲣鱼鱼饵装满。鱼饵是鲣鱼最喜欢吃的小沙丁鱼和小青花鱼。附近的渔村就有专业的贮饵场，先绕到那里装鱼饵。准备完毕，正式出发了！南方亚热带的海域一年四季酷热难当。船员们清一色都是干劲十足的年轻人，只穿一条短裤，头上缠着毛巾，皮肤晒得黝黑。渔船穿越中国南海，一路向南。满眼望去都是湛蓝的天空和大海。

船长和船员们终日凝视着海平面，寻找鲣鱼鱼群。鱼群所在之处，必定有海鸟成群聚集。这种海鸟又叫鲣鸟。发现远处海平面上的海鸟是捕鱼时最重要的任务。船桥上船长和其他干部在灼热的阳光下举着望远镜眺望。桅杆的眺望台上，船员轮班上岗执勤。渔船在无边无际的大海上连日航行搜索鱼群。

无线通讯室里的通讯员与海岸局保持联系，获取气象台每天数次发布的气象预报信息，以保证航海安全，同时还要了解其他渔船的捕捞情况向捕捞长汇报。轮机长时刻注意着发动机的情况，监督值班的轮机员。船长则一直盯着航海地图，确认渔船的位置，配合捕捞长。船上的干部们或是测量海水温度，或是查看鱼饵情况，也忙个不停。

这样下来一天，很多时候都是徒劳无功，没有发现鱼群。

今天黎明时分，船员们就早早地起床各就各位。又是新的一天开始了。海面风平浪静，是一个阳光灿烂的好天气。就在这时，桅杆的眺望台传来大声的呼喊，发现鲣鸟。轮机房发出全速前进的信号，渔船把航向调至西南方向，像离弦之箭飞驰。渔夫准备好钓竿，站成一排。渔船就像追捕猎物的猎犬一般冲入海鸟群中。投放鱼饵的渔夫不停地把小鱼抛入海中，不出所料鲣鱼鱼群一下子涌至海面。老练的渔夫已经钓到了第一条鱼。渔船熄灭引擎，停在海面上。投放鱼饵的渔夫毫不吝啬地朝着海面抛撒鱼饵。鱼群中的一条鲣鱼咬到鱼饵被钓起扔到甲板上。渔船一下子变成了战场，分外紧张，几十根钓鱼竿一起伸出，接连不断地钓上来。装在船舷边的洒水器里不停喷出水来，像大雨一般落在海面的鲣鱼头上，迷惑鲣鱼。少年们在甲板上跑来跑去，从鱼池中用小桶装来鱼饵送给渔夫们。钓上来的鱼用胸鳍和尾鳍拍打着甲板不停翻滚。银色的鱼腹闪闪发光。眼看着钓上来的鱼堆成了山，无处落脚。密集一处让海面都变了颜色的鲣鱼群基本都被钓了上来，大概有几千条。渔船因为鲣鱼的重量，吃水加深，不能再装了。船长高声下达"止钓"命令，渔夫们终于可以歇息了。

用来装鱼饵的水池这下变成了船舱，用来贮藏鲣鱼。水池的进水口被关闭，水泵把剩下的水泵出后，投入碎冰块，以保持鲣鱼的鲜度，返航回基地的鱼市场。虽然船速变慢，但是所有船员都兴高采烈。离开母港已经过去许多天了。终日在风浪中出没，都说"船板一块下面就是地狱"，船员们每天做梦想的都是丰收的这一天。甲板上七嘴八舌地聊着自己今天立下的功劳。

终于回家了。最大的桅杆上丰收旗飞扬，港口内响彻着汽笛声。船员们站在甲板上大声高呼着"丰收！丰收！"

这份手稿努力强调船员们英勇的一面。可是不难想象这些船员的妻子们绝不轻松。阿梅和阿初的弟弟安吉结婚后，坏毛病也痊愈了，有了两个孩子，看上去过得很幸福。其实每天等着丈夫回来，一家人围坐在饭桌前的生活没有几天，一个月也就一两次而已。一年里面大部分时间都担心着丈夫的安危，一个人带着幼小的孩子，孤零零地生活。手稿中说"船板一块下面就是地狱"，的确，丈夫乘着五十吨级的柴油机船，胆敢千里迢迢远下中国南海寻找渔场，偶尔回来一次，也不过就一个晚上，第二天一早又要乘船出海。想必阿梅每次都强忍悲伤为渔船送行，担心着丈夫可能一去不复返。幸好丈夫一个月还能回来一两次，说不定什么时候就永远回不来了。最近天气预报越来越发达，航海比以前安全多了，可是阿梅结婚那会儿，船员遇难是常有的事情，下文要讲到的阿节，第一任丈夫也是鲣鱼渔船的船员，听说婚后不到两年，就出海未归了。

这个阿节来千仓家的时候才二十四岁，已经守寡，丈夫留下来一个三岁的儿子。有这么可爱的孩子，原本不会离开家乡出来打工，问她到底是为什么，她说这个孩子一点也不跟她，因为丈夫在鲣鱼渔船上工作的时候，阿节就把儿子放在婆婆那里，自己每天在农田里干活，结果孩子只和奶奶好。阿节说，鹿儿岛对自己来说，只有悲伤的回忆，没有任何快乐，待在那里也没有意思，所以出来打工。她现在已经嫁到北九州那边，丈夫在工厂工作，是个熟练工，生活得很幸福，估计她再也不想找个船员做老公了吧。可是在她老家，和船员再婚，结果老公又出事，这样的例子随处可见。渔村地方又小，没有什么其他工作可做，找不到好人家，只能硬着头皮再嫁给鲣鱼渔船船员。阿梅的老公安吉运气好，没遇到过什么灾难，可是想到老婆孩子，还是担心不已，最终还是下了船，到神户来找了一份别的工作。最近磊吉听说了这个消息，不过阿梅的信里没有提具体是什么工作。

接下来要讲阿节的故事了，不过在那之前，必须要先讲一下和阿节关系密切的小夜。

昭和二十五年四月热海大火的时候，小夜留守在仲田的家中，和阿梅一起顶着火星，搬运家财，第二天一早又目睹了阿梅骇人的癫痫病发作场景，所以她来到千仓家大概是那一年的三月份吧。她不是阿初介绍来的，也不是鹿儿岛妇女会的成员，京都出身的阿驹和河内出身的阿定是和服店主人介绍来的，小夜和她们都不一样，没有人介绍，是自己找到赞子这里的。

那时候，千仓家还住在南禅寺的下河原町，离得不远的永观堂町有一个叫中村的银行行长的豪宅，小夜原来是他家的女佣。她每天按照主人吩咐出去买菜，来来回回从千仓家门口经过，不知何时起和赞子，还有女佣们认识了，时常从后门进到厨房来，聊聊天再走。后来想想，也许从那时起，她就已经有什么企图，私下在打探千仓家的情况了。千仓家觉得她看上去还可以，也没有仔细调查她的底细，糊里糊涂就用了，其实没有人给她做过保人。小夜离开中村家，到底是自己不干，还是被主人辞退的，也不是很清楚。她看上去三十岁左右，应该在中村家之前也在别处做过，不过详情都不清楚。小夜来的时候，千仓家已经从南禅寺搬到下鸭，赞子曾经去过中村家一次，想打听一下小夜的情况，不巧主人夫妇都不在家，也就不了了之，直接雇了小夜。

赞子从阿驹那里间接听说，小夜出生在阿波德岛那边，曾经跟着母亲改嫁。她好像不愿意提起自己的身世，也就没有再继续追问。来到千仓家以后，干得还不错，没什么过失，不过磊吉不知道为什么一开始就不喜欢小夜。

"喂，这次来的叫小夜的女佣，能不能想个办法让她走啊。"

"为什么？"

"我也说不上来，就是看着她不满意，让人心里不舒服。"

"可是她刚来，没什么理由怎么让她走？火灾的时候，她不是很卖力的嘛。"

火灾之后，在仲田那边逗留期间，磊吉夫妇二人曾经有过这样一段对话。后来，五月底的一天傍晚，磊吉在二楼书房看书，发现一张从没见过的纸条叠得整整齐齐地放在抽屉里。觉得纳闷，打开一看，只见上面用铅笔写着一行字，看上去是匆匆忙忙写的。

> 因为没带铅笔，不好意思擅自用了这里的一支，还请见谅！
>
> 小夜

无论是措辞还是字迹都很端正，没什么毛病。可是，小夜什么时候把纸条放进抽屉的呢？磊吉每天都要打开抽屉两三次，那天上午打开过一次，下午两三点钟的时候又打开过一次，都没有看见这张纸条。三点过后，磊吉下楼去客厅吃点心，又到院子里摆弄园艺，看了晚报之后，五点半回到书房。这样看来，一定是在这两个小时之中，小夜逮住空子放进来的。铅笔盒里放着十支铅笔，想用的话拿去用就可以，再说即便不拿这里的，也可以去女佣房间找阿梅、阿驹或者什么人借一支。

磊吉不由得怒火中烧，大叫：

"喂！小夜！小夜在哪儿？马上到二楼来一趟!"

第八回

"小夜呢？小夜去哪儿了？"

"您叫我吗？"

小夜和往常一样，以一种谦卑的措辞镇定自若地答应着。她悄无声息地上楼来，轻轻拉开拉门坐了下来。

"是你打开抽屉，把这种东西放进来的吧！"

"是的，我想擅自用了您的铅笔，实在是失礼了，所以……"

"谁问你擅自使用铅笔的事情了，我在说擅自打开主人抽屉的事情！谁让你打开的？偷偷翻别人抽屉不觉得失礼吗？"

"实在抱歉！突然要记个东西，以免忘记，所以就……"

"我没问你这个！我在问谁让你打开抽屉的！"

"是的。"

"书桌上有铅笔的，没必要打开抽屉拿。"

"是的。"

"你这家伙真奇怪！"

不由得"家伙"这个词脱口而出。

"我每天都见到你，如果真觉得用了铅笔不好意思，见面的时候说一下就可以了，为什么一定要打开抽屉，把这种东西放进去！"

"是的。"

磊吉感觉像是被人偷偷塞了情书一样，心里别扭得很。

"我放在这里的铅笔，是每天伏案工作时用的。我每天早晨自己把铅笔削好，整整齐齐摆在这里。这个，别人可以随便用吗？难道你不知道？"

"是的。"

"笨蛋！招人烦！像你这种人不要再待在这里了！"

磊吉本来就脾气暴躁，时常对女佣们发火。不过像这次这样言辞激烈倒很少见。这次真的是打心底里生气，马上把赞子叫来，让她解雇小夜。一般这种时候，赞子都会安抚丈夫，采取息事宁人的做法，可这次不行了。

"当然生气了，不生气才怪呢。"

"话是这么说……"

赞子想说和调停，每当这种时候，磊吉都会更加生气，责备妻子没有站在自己一边。

"不用跟她说理由，她自己心里清楚。你就说主人不喜欢你，让你走。我看见她就难受。"

"那好，就按你说的让她走吧。"

"你不觉得那个女人奇怪得很吗？一定脑子有问题。"

"听你说的，是有点奇怪。"

"我越是生气，她越是装腔作势，絮絮叨叨没完没了，让人更加生气。这种人不知道什么时候就会精神失常，我看她有这个潜质。"

最终按照磊吉的要求，小夜当天晚上匆忙收拾好行李，第二天一早就出去了。

这下，磊吉心里的石头总算落了地，感觉畅快了。他也知道小夜突然消失，一定是赞子背着丈夫给她找好了下家，他也不想过多追问。之后，阿节被从京都叫来接替小夜。

阿节也是鹿儿岛泊村生人，阿初叫过来的。她和小夜几乎是同时来到下鸭家中，大概比小夜晚了三四天。说是二十四岁，去世的丈夫留下来一个三岁的儿子，现在跟着婆婆。第一眼看到的时候，觉得她人并不漂亮，相貌平平而已。阿节和小夜一起在下鸭家的同一个屋檐下生活的时间不长，也就三月份一个月，到了四月份，小夜被叫去仲田那边，两人就分开了。这次又是小夜被赶走之后，阿节才来到热海别墅。

"小夜后来怎么样了？不会又回下鸭去了吧。"

磊吉还是不放心小夜的事情，去问赞子。

"小夜去东京了。"

"是吗？东京什么地方？"

"我女校的同学原田夫人，就是原来叫田边的，你也认识。"

"在她家里做吗？"

"不是，是经她介绍，在她的朋友蒲生家做女佣。"

听赞子说，小夜向她诉苦，说自己被解雇的话，回到京都也无处可去，自己没有家，也没有亲人，晚上只能露宿街头。赞子也很为难，不能不管她。转念一想，眼下女佣抢手得很，需要女佣的人家很多，一定会找到下家。她马上想到原田夫人，原田夫人乐于助人，认识的人又多，一定可以帮小夜找到下家。赞子对原田夫人说，自己家里有这么一个女佣，和丈夫合不来，一定要把她赶出去，自己也不知道该怎么办，因为这个女佣也没什么缺点，只不过人有点怪，做事很认真，上次热海火灾的时候，拼命抢救家里的财物，自己还要感谢她呢。原田夫人马上答应收留这个女佣，说是工作很好找，找到下家之前可以让她先住在自己家里两三天。于是，第二天一早赞子就让小夜去了青山原田夫人那里，幸运的是当天就找到了工作，没在原田家里停留，直接去了原田夫人的好友蒲生夫人在大森的家。

磊吉和妻子的这个同学原田夫人也很熟悉，不过和蒲生家没什么交往，不了解详情。赞子从原田夫人那里听说，蒲生家先生是做贸易的，现在在美国，最近一两年不会回国，蒲生夫人留在大森的家里照顾两个还在上学的孩子。后来，小夜在蒲生家做得如何，就不得而知了，而且也不想知道。

有一天，磊吉在电车里遇到原田夫人，夫人坐到磊吉旁边的座位来，把嘴凑到磊吉耳边小声说：

"正好我有件事情想和您说。就是上次那个女佣，叫什么小夜的。"

"啊？啊，是那个……"

"我明白你为什么不喜欢那个女佣。"

"她又干了什么奇怪的事情吗？"

"也没有，去蒲生家之后也没什么事情。"

"那是……"

"上次您太太和我说了之后，我不是领着她去蒲生夫人家里了嘛。我们从青山乘地铁到新桥，再从那里乘电车去大森。我和她一起乘电车的时候……"

"哦。"

"我和她是第一次见面，可是她却自来熟似的凑到我身边，小声对我说：'太太您知道这首和歌吗？——此世忧相会，父母均不见。'诗句说得很流利！"

"哦。"

"我没有听说过这句诗，就问她：这是谁写的。她告诉我，这是千仓先生的和歌，接着又抑扬顿挫地念给我听。"

磊吉觉得很奇怪，这首和歌的确是自己所作，只不过那是战争期间，也就是说是四五年前的事了，磊吉并不擅长写诗，所以并没有发表。也许在战争期间写的杂文当中，出于必要引用过这首和歌，可小夜是什么时候看到的呢？

"那个女人知道这首和歌啊。"

"除了这个，她好像还知道您很多事情，包括那些无聊的八卦新闻之类。她说自己是千仓先生的粉丝，一直非常尊敬先生。她对您家里的事情很感兴趣，不停地问我，您和太太结婚几年啦？鸠子夫人夫妇关系和睦吗？睦子小姐是夫人带来的孩子吧。她问个不停，我都敷衍过去了。您为什么不喜欢她，这下我懂了。"

"是嘛，还有这种事情呢。在我们家的时候，还不至于这么夸张。不过看得出她有这个倾向，像是她说出来的话。以后可不要给您添什么麻烦啊。"

磊吉遇见原田夫人之后，小夜好像在大森那边一直干得还可以，没再传来什么消息。

七月下旬，磊吉夫妇在箱根的旅馆逗留了十天左右，傍晚在餐厅吃饭的时候，说是热海来了电话，赞子去接。

赞子接完电话，回到桌边告诉磊吉。

"麻烦了，阿节说要回老家。"

"为什么要回去？"

"说是老家的母亲生病了，让她赶紧回去。"

"是阿节打的电话吗？"

"是阿梅。说是帮阿节带孩子的婆婆病了，没办法照顾孩子，让阿节马上回去。我说我们提前两三天回去，让她等我们回去再走，可阿节说非常担心，等不了了，今晚就坐快车回去。"

"本人为什么不直接打电话呢？"

"说是事情突然，自己不好意思说。"

磊吉不喜欢小夜，但却喜欢阿节，自己也说不清楚为什么。最开始是让她写字的时候，看她写得很好，一点不像是只有小学毕业的一个乡下姑娘的字迹，阿节的聪慧让磊吉感动。虽然也没有和她通信，但是偶尔看到她写的信封、扔掉的纸条，不禁屡屡为她的一手好字惊叹。写得这么一手好字，一定头脑敏捷，磊吉彻底对阿节刮目相看了，就连她普普通通的相貌也看着越来越有神采，越来越显得伶俐。

"虽然着急，可是这个月的工钱还要给她，作为饯行，回家的路费也要给她带上啊。"

"我也这么说。可她说因为自己的事情回去，不能再要路费。这个月的工钱可以以后寄给她。"

"是嘛，那也没办法。阿节走了，真是可惜啊。等她婆婆病好了，让她一定再回来。算了，我自己来打电话吧，跟阿节道个别。"

磊吉替阿节担心，在电话里不停地询问：坐几点的火车，婆婆的病情如何，行李都拿走，还是以后给她寄过去。可是电话里阿节吞吞吐吐，不像以往爽快的样子，低声嘟嘟囔囔的，没说两句就把电话挂断了。

"有点奇怪啊，不像平时的阿节，声音那么小，听不清楚说了什么。"

"也许因为婆婆生病，有点慌了，心神不定？"

赞子这么说，第二天早晨还是不放心地打电话给阿梅。

"昨晚后来阿节走了吗？"

阿梅迟疑了一会儿，回答道：

"实在对不起先生和夫人。阿节是走了，不过不是回鹿儿岛，而是去了东京。"

第九回

"去了东京哪里？"

"我也不太清楚，可能是去了小夜那里。"

"小夜那里？！"

在磊吉的追问之下，阿梅不知如何是好，说了实话。

当天，磊吉夫妇离开箱根，返回热海。听阿梅说，阿节和小夜十分投缘，关系很好，两个人在下鸭一起干活的时间不长，按道理没有理由会如此要好。据说，两个人虽然分别在京都和热海，却一直保持通信往来。小夜被赶走之后，阿节被叫来热海这边，她很同情小夜，一直说"小夜太可怜了"。因为实在同情小夜，便迁怒于把小夜赶走的磊吉："也没什么理由，因为不喜欢就赶人走，这也太粗暴了。小夜是个好人，又正直，又有同情心，这种好人太少见了。先生做得太过分，不讲道理。""我去找先生说，让先生改变态度，作家怎么能这么不懂道理呢。"平日里那么老实的阿节因为小夜的事情言辞激烈，像变了个人似的。

"是吗？阿节这么说？"

"给小夜打抱不平的时候，阿节就会变得气势汹汹。"

听了这些话，磊吉还是无法想象阿节当时的愤怒模样。

"就是说，这次的事情是小夜挑唆，把阿节叫过去的。"

"是的，一定是的。"

磊吉耿耿于怀，生气地说。

后来磊吉夫妇再没有听说任何消息。只是四五天之后，阿梅收到了一封字迹端正的来信：

> 前几天晚上给你添麻烦了。蒲生家答应用我，我就在这边干活了。能够和自己喜欢的小夜在一个屋檐下生活，我非常高兴，感到无比幸福。希望这种幸福能够持续到永远。
>
> 不好意思，麻烦你帮我把行李物品邮寄到信封所示蒲生家地址。

磊吉和赞子完完全全中了小夜的圈套，这下阿节也被抢走了，不能不说小夜的复仇计划十分周密。不过事情并没有结束，还有下文。

阿节在信里说："我感到无比幸福。希望这种幸福能够持续到永远。"可她的这个愿望并没有实现，就在两三个月之后的一天，原田夫人打来电话，披露了一件令人震惊的事情：

"那两个人怎么是那种关系啊！"

"什么关系？"

"她们是同性恋啊！"

"什么时候的事情？在我们家的时候没有发现啊。"

"那看来是去了大森之后吧。一个偶然的机会正好被我撞见了。"

原田夫人说在电话里不方便详谈，当晚特地赶来热海，把事情前前后后详详细细讲了一遍。听她说，虽然平时很少见到蒲生夫人，不过经常到她家附近办事，所以有时候顺路去拜访一下。蒲生夫人经常不在家，去三次肯定有一次是两个女佣到门口来应答，告知"太太不在家"。几次都这样，原田夫人觉得有点奇怪，因为两个女佣总是双双来到门口，很少有一个人出来的时候。按门铃之后，每次都要很长时间才来开门。有一次，正好门铃坏了，原田夫人用力推门，门就开了，进去以后招呼了一声，阿节慌慌张张从二楼跑下来，小夜紧随其后。看那副模样，像是趁着主人不在，两个人躲在二楼的什么地方，在干什么勾当。那次之后，原田夫人也觉得好奇，每次去蒲生家附近的时候都一定去拜访一下。结果就在昨天，发现了这个秘密。夫人和往常一样按门铃，门铃不响，耐着性子按了五分钟，怎么都不响。于是轻轻推推门，门也打不开。因为已经打定了主意，尽量不发出声音小心绕到后面，厨房的门开着，礼数也不管了，进去一看，楼下没人。便蹑手蹑脚地上到二楼，看见主人的卧室好像就在楼梯旁边，房间内主人的双人床上竟然躺着两个纠缠在一起的身体。那景象实在是下流疯狂，不知该如何形容，只能任你想象了。事情太突然，原田夫人也惊呆了，转身下楼。床上的两个人这时也察觉了，猛地从床上跳起来，找东西遮住赤裸的身体，可是抓在手里的只有被子，不由分说慌忙披在身上，可被子翻卷着，四条腿露在外面，磕磕绊绊。夫人慌忙从后门冲了出去，不知道后来如何。这么奇异的景象从来没有见过，直到现在心还怦怦跳呢。

"这到底是昨天什么时候的事情啊？"

"下午两点左右，大白天。"

"没见到蒲生夫人是吧。"

"我一直想问问蒲生夫人，有没有发现两个人的特殊关系。昨天实在是太可怕了，我急忙就逃了出来。同性恋实在是……"

"应该尽快告诉蒲生夫人吧。"

"看那架势，不知道以后要多恨我。反正她们也看见是我，我不怕她们记恨，今早就告诉蒲生夫人了。"

"电话里说的?"

"电话里不好说，我本想请蒲生夫人到我家，可又一想，让那两个人留在家里不知又做出什么事情，所以我就去了大森。结果那个叫小夜的女佣，今天一个人来给我开门，还恬不知耻地说什么'昨天实在失礼，今天夫人在家'。"

"没有用可怕的眼神瞪你吗?"

"哪里，镇静得很呢！就像什么事情都没发生似的，客客气气嗲声嗲气地说：'太太，原田夫人来访。'"

原田夫人说："这里不方便讲话，请到二楼"，便和蒲生太太进了昨天的卧室，然后把自己昨天目睹的一幕原原本本详详细细地说给蒲生夫人听，蒲生夫人也大吃一惊：

"发生这种事情，你为什么昨晚不告诉我？这张肮脏的床，我昨晚还睡在上面呢！"

"实在对不起！对不起！我也被吓到了，失了分寸。"

两位夫人坐在龌龊的床旁边的椅子上，注意着楼下的动静，接下来密谈了两个小时，商量应该如何处置这件事。

蒲生夫人也并不是完全没有察觉到，有一次曾经瞥见两个人好像在厨房里接吻，当时就怀疑是不是同性恋。有这样的女佣让人不快，一直想找个机会辞掉她们，可是想想另外再找人不容易，虽然心里不高兴，还是让她们干着。

据蒲生夫人观察，好像阿节扮演男性的角色，她骨架大、健壮，而小夜举止言谈慵懒散漫，皮肤干燥，像是荷尔蒙严重不足的样子，就充当女性。蒲生夫人本想只要她们认真干活，暂时不去管，反正是她们两个人之间的事情，只要不给别人添麻烦，就当作没看见，忍忍算了。完全没有想到这个同性恋，竟然会发展到这种程度，以这种龌龊的方式进行肉体的结合。

以下内容读者可以认为是原田夫人和蒲生夫人之间的对话。

"我用小夜的时候，想过是否应该先和千仓家打个招呼，你说没有必要，想想千仓先生不喜欢才赶走的女佣，也难怪会如此。阿节的情况又不一样，当时不应该擅自把她留下。"

"你这么说，我也有责任。现在不是说这些的时候，反正千仓家没有意见的。接下来怎么办，这两个人如何处理？"

"你帮我个忙，先要把这个处理一下。"

蒲生夫人说着，把头探出窗外，先吐了两口唾沫，然后用指尖捏起床上的垫被，像是丢掉什么龌龊东西一般，扔出了窗外。

"原田，你是有责任的。我来拿这边，你帮着拿那边。"

靠垫、床单、枕头，各种东西从二楼的窗口落到了院子的草坪上。

"马上把修剪庭院的大叔叫来，让他浇上汽油，把这些都烧掉。"

"你别太激动，发生火灾可不得了。"

"不在眼皮底下把这些东西烧掉，我不安心。"

"那不如扔到别处的垃圾场去。"

"这个床也卖给旧家具店，今天就让他们来搬走。"

"来不及买新床呀。"

"我到楼下的榻榻米房间和孩子们一起睡。"

一番折腾之后，接下来要对两个同性恋人下最后通牒了。原田夫人负有责任，走在前面，下楼去女佣房间，只见小夜和阿节已经早早地把行李包裹整理好，镇定自若地坐着。

"这是这个月的工资。"

原田夫人说着，从蒲生夫人手里接过两个信封，分别交给两个人。

"你们知道了？"

"是的。"

"要帮你们叫车吗？"蒲生夫人说。

小夜回答："实在不好意思，因为行李比较大，能不能让我们从大门出去？"

"可以，没关系。"

"没有派上什么用场，反而添了很多麻烦，实在是失礼了。蒲生太太和原田太太请多保重身体……"

阿节一声不吭，羞愧难当地跟在小夜后面走了。

车子开走之后，蒲生夫人马上打电话给家政中介，请他们马上派一个人过来。这件事在蒲生家这边就此告一段落。

被赶走的两个人当晚在哪里过夜呢，多半是找了个便宜旅馆住下吧。可是这也坚持不了几天，也不可能找到愿意一起雇用两人的人家。听说几天之后走投无路，阿节回了老家鹿儿岛，离开东京的时候一定和小夜抱头痛哭吧。千仓家知道了这个消息，这才安心，为阿节高兴："阿节遇到的人不对，只要离开那个女人的控制，阿节一定会幸福的。同性恋什么的，很快就会忘记。"两三年前，磊吉听说阿节找到了好人家再婚，又生了一个孩子。

听说小夜又回到热海，一边在学生宿舍做管理员，一边进行皮肤病的治疗，磊吉一家再也没有见过她。据说，小夜经常给蒲生夫人写信，寄去一些萝卜咸菜之类的，不知道她是什么想法。后来有一天，突然从她的老家德岛寄给蒲生夫人一个包裹，里面有一只像是抓过炭灰的黝黑的手套、一个烧牛肉火锅的旧锅子，还有好多其他破烂东西。紧接着又来了一张明信片，上面写着："神让我把这些东西还给你。"

第十回

　　阿驹是千仓家经常光顾的绸布店老板介绍来的，她出生在京都，不是乡下人。长脸，下巴翘着，总是自称"花王香皂"，每当播出有花王香皂赞助的节目时，就会说："看，是我家的节目。"上文说过，她有一个奇怪的毛病。一次，和睦子两个人去热海的电影院看迪士尼的电影《沙漠的生命》时也上演了一出好戏。她和睦子的座位不在一起，当电影画面中出现了一只巨大的蜈蚣模样的动物时，影院里响起一阵作呕的声音，紧接着就有人捂着嘴巴急忙冲向了洗手间。睦子担心会是阿驹，回头一看，果然是她。

　　电影里出现的是一只一米多长的爬虫类动物，具体名称并不清楚。即便不是这种大型动物，看见老鼠在厨房里窜过，或是天花板上趴着一只小虫，阿驹都会作呕。千仓夫妇喜欢猫，日本猫、波斯猫、暹罗猫都养过，收拾猫屎是女佣们的工作。阿驹一直尽量避开这个活儿，如果运气不好，碰上晚班，一晚上厨房里都会响彻着"呕、呕"的声音。

　　这还算好的，吃饭时看见饭桌上有自己不喜欢的菜，或者是看见别人在吃自己讨厌的东西，阿驹也会作呕。她不喜欢吃面包吐司，而阿银又最喜欢吃，每次看见阿银吃，阿驹就会大叫"这种东西你居然吃得下去"，说完就逃进洗手间了。

后来阿驹的这个毛病好了一些。不过刚来的时候，她连牛肉都不能碰。如果轮到自己切牛肉，她就会用毛巾堵住嘴巴和鼻子，嘴里还戴着疯狗戴的那种牙套，一只手拿着最长的切肉刀，一只手拿着长长的筷子，隔得远远地按住牛肉，这副像是要去杀敌一般的夸张打扮，总是让赞子大吃一惊，以为发生了什么大事情。阿驹还不喜欢把手伸进米糠酱里。她总是不用手，而是用饭勺或者长筷子去搅拌，所以每次让她做的话，茄子都会腌成黄色。

"让你腌菜，就会把米糠酱搞臭。"

每次赞子和鸠子都要训斥她。

除此之外，阿驹还有很多怪毛病，各种离奇的小故事很多。

记得有一段时间，周刊杂志上曾大肆报道人工授精的问题，闹得沸沸扬扬的。当时磊吉因为高血压一直卧床，有一个护士每天照顾病人左右。一天晚上，阿驹和那个护士一起洗澡的时候，突然一本正经地问：

"男人的精液哪个药房有卖啊？"逗得护士捧腹大笑。

阿驹对于性的问题可以说是一无所知。看见狗在交合，她以为是小狗受了欺负，会说：

"好可怜啊，我们帮帮那条小狗吧。"

别人告诉她实情之后，她突然对此充满好奇心，听说有两只狗在一起，就马上赶过去看。阿驹一向如此，也就难怪她一直以为婴儿是从肚子里生出来的。她还曾经以为男人和女人只要一接吻就会怀孕，公鸡也会下蛋。赞子一开始还以为她是故作天真，后来才发现她是认真的。阿驹是这么个情况，所以结婚很晚，后来的女佣一个个都嫁出去了，只有她二十岁来到千仓家，直到三十二岁才觅得良缘，一干就是十几年。

阿驹即将出嫁之前，赞子担心她的洞房之夜，就把收藏的北斋①还是丰国②的一卷画偷偷拿给她看，结果她大叫一声之后，紧紧抱住赞子的膝盖，晃个不停，害得赞子险些站不稳摔倒。阿驹满脸通红，嘴里说着：

"我觉得自己要疯了。"

一边屏住呼吸，仔仔细细地盯着画看了又看之后说：

"不过，我喜欢看这种东西。"

一般人心里这么想也不会说出来，可阿驹是心里想什么就说什么的人。

有一次，她突然说肚子痛，大喊：

"太太，请您把医生叫来，我好像得了痢疾。"

"是不是吃了什么东西？"

"肚子疼得要命。刚刚上厕所，发现大便有血。一定是痢疾了。"

看她那么痛苦，马上叫来医生，结果医生诊断是胃痉挛和月经赶在了一起。刚刚还在大呼小叫，一听说是这个结果，她马上就没事了：

"原来是老朋友啊。"

一副若无其事的样子。

阿驹经常胃痉挛。每次发作，她都拼命地抓榻榻米，大叫：

---

① 葛饰北斋（1760—1849），江户时代的浮世绘画家。
② 歌川丰国（1769—1825），江户时代的浮世绘画家。

"妈呀，快救救我！"

据说她小时候曾经威胁大人："我从二楼跳下来，死给你们看！"大人们谁都没有当回事，不理睬她，结果她真的从二楼跳了下来，把大家吓了一跳。她总是说："我不怕死。""如果有人想死，自己又害怕自杀，那我就帮忙结果她，反正本人想死，这也是在帮她呢。"以阿驹的性格，这不是开玩笑，说不定真会这么做。睦子有点神经衰弱，有时候说"想死"。阿驹听了，马上说："小姐，您那么想死的话，我随时可以让你神不知鬼不觉地死掉"，说得睦子不寒而栗。

阿驹想到一个主意，即便是半夜也会马上起来做。有时候她整个晚上都在厨房丁丁当当地收拾东西，让其他女佣睡不着觉。跟着睦子学会织毛线之后，动不动就织一个晚上。睦子结婚之后，为了即将出生的孩子织各种东西，阿驹也在一旁织个不停。还不等自己找到结婚对象，已经织出了一堆婴儿的帽子啦、披肩啦、袜子什么的。

阿驹来做工之前，在私立手艺高等女校师范部读书，参加了演剧社团。当时正值战争时期，实际上也没怎么学习。毕业以后在四条的藤井大丸百货工作，也参加了公司的演剧社团，为了和其他百货商店对抗，曾经努力练习标准语。也许是这个原因吧，阿驹特别擅长模仿各种各样人的声音。磊吉卖掉仲田的别墅，搬到伊豆山鸣泽那边参拜兴亚观音必经之路的半山腰上的别墅之后，有一天晚上只有阿驹和睦子两个人在家。门外有可疑的动静，好像有人说话。睦子很害怕，担心门外有人，阿驹就把大门旁边的窗子打开一个小缝，装出有四五个男男女女闲聊的声音，故意让门外听见。每个声音都不一样，而且还随机应变地想出各种话题，你一句我一句的，那口技可真是绝妙。为了发出不同的声音，阿驹一会捏住鼻子，一会又拉起脖子的皮肤，使出各种技巧。有时候像是一个声音尖锐的女声在打电话，有时候又是五六个人在走廊丁丁咚咚走路的脚步声，有时候是缓缓前行的脚步声，与其说是为了骗门外的小偷，不如说是阿驹沉浸在表演的乐趣之中了。

阿驹最擅长模仿大猩猩。在磊吉和赞子面前难为情，无论如何也不肯表演，可是在睦子和其他女佣，还有附近的小孩子面前，她经常得意地卖弄她的演技。因为模仿得实在太逼真，有的小孩子都被吓哭了。阿驹的口腔很特别，可以把一整个苹果吞进嘴里，所以她才能那么自如地变换表情。据说她模仿大猩猩的时候，先把舌头伸进上唇和上颌的牙龈之间，然后把上唇尽量向下伸。接下来，就像当年美国的喜剧演员本·他宾①那样，眼珠左转右转。然后把双臂向左右伸展出去，再耷拉下来，两手手指全部张开，只把指尖弯曲。再在双腿之间夹一个尿布一样的东西，屈膝做出罗圈腿的样子。阿驹还擅长草裙舞。热海有一个草裙舞的名人，就是和可奈料理店的老板。磊吉夫妇曾经在宴席上看过两三次和可奈老板的表演，据说阿驹的草裙舞技在和可奈老板之上。

阿驹最大的愿望就是能够上电视，然后看电视里自己的表演。那时候，日本电视台有个节目叫"时尚教室"，节目中由美发师名和好子从报名者中选出合适的女生，给她做一个适合本人的发型上节目。幸运的是，名和好子还在神户大丸百货美发厅的时候，赞子

---

① Ben Turpin（1869—1940），美国喜剧演员，与卓别林合演过《卡门的闹剧》《胜利者》等。

就和她关系很好，于是，阿驹恳求赞子去和名和好子说说，让自己上电视，遗憾的是最终抽签时没有被抽中，希望落了空。那时候，富士电视台还有一个由德川梦声主持的节目"电视婚礼"。阿驹希望自己结婚的时候能够上那个节目，说我们家的先生应该认识梦声先生，能否帮我说一下。想想这个愿望很难实现，磊吉也没有答应。后来银座的松坂屋百货弄了一个设备，顾客搭乘自动扶梯时，电视屏幕上会同时播放这一画面。估计是为了电视广告而做，不过阿驹看见自己的身影出现在眼前的电视机里，非常高兴，上上下下电梯几次反复地看。

阿驹还有一个毛病，就是说很复杂的梦话。有时候是骂一只狗，有时候是在梦里跳舞。值晚班的时候，夜深之后去泡澡，有时候会在浴缸里打瞌睡，打盹的时候头伸进了浴缸里，一下子吓醒。她还经常把伞、包忘在车里，女佣们都说"厨房里的伞都被阿驹忘在巴士里了"。

阿驹喜欢看外国电影，欧美电影明星的名字她都知道。她的偶像是西部片的明星本·约翰逊①，曾经寄圣诞贺卡过去，信封让睦子帮着写的，还用日语写过信，后来真的收到本·约翰逊的回信，里面还有一张本·约翰逊的海报画，阿驹马上就把画挂了出来。

阿驹的父亲是一个老派、顽固的人，从不肯欠别人人情。和阿驹一样，也有与众不同之处。他毕业于美术大学的前身——京都美术专科学校图案专业，接受染色工厂的订单设计围巾、领带、包袱布的图案。按道理生活并不困难，可是他人好，有人借钱不好意思拒绝，结果总是替人背债，生活拮据。阿驹到千仓家做工的时候，

---

① Ben Johnson (1918—1996)，美国演员，代表作《最后一场电影》。

这位父亲给阿驹提出的要求也和一般人不同：无论多么辛苦，都要对磊吉先生一家尽忠，如果自己逃回来，绝不可以进家门，直接去琵琶湖投水自尽。寄给女儿的信里每次都写着："小心用火，记住锁门，当心交通事故！"每个字上面都点了点，旁边还划着红线。父亲这么严格，所以女儿偶尔请假回家，一到时间就被赶着快点出发。有一次写给阿驹的信里，一开头这样写道：

"先生家里养了很多狗吧。狗不会说话，你要体谅狗的心情，对它们好一些。"

因为工作太忙，阿驹早把狗的事情忘了，看了父亲的信，一下子想起来，觉得自己对不起父亲，对不起狗，立刻出门到后山找两只逃走的狗。这两只狗一个叫"阿助"，一个叫"阿觉"，经常逃到兴亚观音的山里面，长一身螨虫回来。阿驹费了好大力气，总算把两条狗领了回来，接下来又花了三个小时把螨虫一只只抓住按死。数了数，据说有五千多只螨虫。阿驹一边流着眼泪，一边把这五千只螨虫按死在石头上。问她为什么流泪，她回答说，是在生自己的气，因为自己太冷酷了，竟然让两只可怜的狗在外面待了这么久，弄得它们浑身都是螨虫。

有其父，必有其女。阿驹和父亲一样，也是好人，非常正直老实。女佣们还有进进出出的其他年轻人跟她借钱，她一定想方设法帮着筹钱。结果经常事后生气，又被某某人赖账不还。

第十一回

在阿驹来了三四年之后，又来了一个叫阿铃的姑娘，在这里稍微介绍一下。

阿铃也是介绍阿驹来的和服店老板带过来的。其实，当时千仓家并不缺女佣，有一天和服店老板到下鸭这边，主动提出来的。

"太太，太太，您家里好像现在也不缺人手，不过有个女孩子，您用用看吧。这个小姑娘人长得漂亮，我不舍得介绍给别人家，还是希望她能够到您家里来。"

于是，事情就这么定下来了。当时的情况，磊吉记得很清楚。昭和二十七年春天到昭和二十九年秋天，他因为轻度脑溢血，导致右半身不能活动，那一两年间，一直卧床。最初是在东京的旅馆里脑溢血发作的，之后被送到热海，本人还是要求回京都。就在昭和二十七年的十月份左右返回京都，先让人背着出了车站，然后坐车回到纠森的自家门前，接下来由人左右搀扶着送进里面的客厅，当时坐着都觉得头晕，就直接被抬到了床上。每天躺在床上，看着秋意渐浓的庭院里的泉水和岩石，听着导水的竹筒敲石的声音，打发无聊的日子。

一天，赞子来到床边告诉磊吉：

"这次要来一个小姑娘，说是长得像津岛惠子①。"

千仓夫妇并没有特别喜欢长得漂亮的女孩子，一直以来留下的女佣都并非什么美女。不过，听赞子这么一说，磊吉抑郁的心情还是舒畅不少，感觉眼前豁然开朗。毕竟这些天来一直担心自己还能不能重新站起来在院子里走走，去纠森散步，会不会就此卧床不起，好不容易回到自己梦寐以求的京都，结果不要说八濑、大原，就连附近的祇园、河原町、嵯峨都去不了，搞不好自己都熬不过今年冬天。如果来一个漂亮的女孩子每天照顾自己的起居，多少让自己心里有一个寄托。顺便说一下，磊吉并不是津岛惠子的粉丝，对他来说，只要是相貌姣好的女孩就好。

从大津乘坐江若铁路电车，经过浮御堂所在的坚田站，下一站就是真野。式子内亲王②曾有诗写道：

> 夜半海风吹，
> 真野湖畔寒，
> 湾中千鸟鸣。

素暹法师③也有诗云：

> 比良山风吹云散，
> 月明真野波若冰。

————————

① 津岛惠子（1926—2012），日本演员。
② 式子内亲王（1149—1201），平安时代末期的公主，擅长创作和歌。
③ 素暹法师，东胤行（生卒年不详）的法名，镰仓时代的武将、和歌诗人。

真野是琵琶湖畔颇有渊源的村落，阿铃就出生在那里。磊吉没有去过真野，不过曾去过附近的雄琴温泉，还曾经去过比叡山横山塔山脚下的千野买材料，所以对那一带并不陌生，而且还抱有好感。阿铃是在一个爽朗的午后来到千仓家的，齐刘海的娃娃头，身穿一件平纹丝绸的和服，胭脂底色上带有黄、绿两色的波浪线图案。和服外褂是绿色底色上带有胭脂色、黄色、灰色的风车图案（她很喜欢胭脂色，也很适合穿这个颜色），扎着白色的整幅腰带。年纪说是二十一岁。

那时候，来试工的小姑娘大都穿着简陋的洋服、手编的毛衣，阿铃这身平纹丝绸的和服实在可爱，让人过目不忘。她的父亲世代是江州的农户，母亲则出身京都的商人之家，嫁到真野后不习惯干农活，非常辛苦。大概是阿铃的母亲为了自己漂亮的女儿特意准备了这身衣服。阿铃称和服店老板"儿玉阿姨"，这个阿姨领着她在出町终点站下了电车后，过了河合桥，向着下鸭神社这边的道路走过来时，突然在桥上停下脚步说：

"去人家试工的时候不能擦粉的。"

说着从和服腰带间拿出粉盒，用粉扑把阿铃脸上的粉擦得干干净净。所以阿铃出现在磊吉夫妇面前时完全是天然的素颜。

磊吉房间东南拐角处的外面是走廊，可以看见栏杆外面的池塘，还有落入池中的小瀑布，本来应该是很敞亮的，可是因为遵照旧习，为了避免阳光直射，让爬满野木瓜藤蔓的架子从房檐一直伸到池塘边，结果即便是晴天，房间里也很昏暗。赞子领着阿铃进来打招呼的时候，磊吉正侧卧在床上喝柿子汁。这个柿子汁是河原町和丸太町路口西侧的一家叫"涩屋"的老店所售。这家店现在应该还在。从热海回到京都后，有人推荐说降血压吃柿子汁最好，柿子汁又是这家店的最正宗，所以就试着喝了起来。早晚各一次，每次喝一小杯。因为味道不好，所以每次喝过之后都要喝一杯水。后来，磊吉听阿铃说，那天她被带到自己的房间，看见一个老态龙钟的老爷爷躺在床上，在昏暗的房间里愁眉苦脸地喝着柿子汁，样子真是可怜悲惨，想到自己以后每天都要和这个老爷爷做伴，觉得这份工作有些棘手。当时磊吉六十八岁，加之正在卧病，看上去的确是个老人，而且比实际年龄还要显得衰老。那年冬天过后到了第二年三四月间，磊吉的身体逐渐恢复，五月份的时候已经不只是纠森，有时候还可以去河原町那边散步了。眼看着脸色红润起来，腿脚也有力了，阿铃这才惊奇地发现原来这个老爷爷没有那么衰老，不仅如此，还一天比一天看上去年轻起来，到最后让人觉得不过五十几岁而已。

过了架在池塘上的土桥，对面还有一幢小房子，名之为"合欢亭"，磊吉把这里的一个房间作为书房，慢慢开始恢复写作。一有空，磊吉就把阿铃叫过来，让她坐在书桌对面学习写字。也没有指定的字帖，磊吉从手边的杂志、小说里选一些比较简单的文章读给阿铃听，这成了磊吉的一个乐趣。阿铃打开草纸本，用 HB 铅笔把听到的字写下来。磊吉没想到阿铃汉字基础这么欠缺。当然，她是一个乡下姑娘，情有可原，可是她说自己初中毕业，怎么会认字这么少呢。这不是因为她讨厌上学，也不是因为天生记性不好。问过之后才知道，因为母亲来自城里，不会做农活，所以总是阿铃代替母亲下地干活，农忙的时候经常不能上学，自然而然学业就生疏了。这样一来，先顾不上练习书法了，首要任务是让她多认字，每天用铅笔多写新字。

赞子经常说：

"这孩子的确长得漂亮，可惜眼睛无神。如果眼睛里有了知性的光芒，多了一分灵气，那就是真正的美女了。……将来可以去做电影演员……如果让她继续上学读书，眼神就会完全不一样了。"

磊吉夫妇曾经也为阿初发过同样的感慨，这些女孩子生在穷乡僻壤，没有好好接受教育的机会，比起城里人，她们多么吃亏啊。阿铃让夫妇二人再次深刻感受到了这一点。

识字课并没有持续多久。当时大概每天三十分钟到一个小时的课程，与其说是为了阿铃，不如说成了磊吉消愁解闷的寄托。随着新绿季节临近，磊吉的宿疾痊愈，可以自由外出，这门识字课不知从什么时候起就慢慢荒废了。两个月的授课，让磊吉获得多少安慰啊。不过，阿铃也没有虚度这些光阴，她在千仓家做了五六年，有时候磊吉看到她写的信，不禁惊讶于她的文笔和字迹：

"这真是阿铃写的吗？"

赞子回答：

"是啊，是阿铃写的。我知道阿铃那些日子每天躲在女佣房间，反复练习你教她的汉字。后来我也见过，只要一有空，她就偷偷地练字，时不时地用手比划汉字的写法。你看，现在写得多好啊！"

磊吉也很吃惊，两三年工夫，阿铃已经写得判若两人，难写的汉字也可以应用自如。这件事再次让磊吉慨叹：这些女孩子如果能够多读些书，一定不会比那些大家闺秀逊色的。

虽然从小在乡下干农活，不过阿铃的手啊、脚啊都没有变形，一点没有骨节突出。胸部丰满而坚挺，但整个身形又苗条而柔和。

只是两只脚上生了很大的坐茧。以前的日本人，无论男女都会有这种坐茧，磊吉自己也是在书生房间、汉学私塾的琉球榻榻米上一直正襟端坐，那痕迹现在还难看地留在脚上，战后女孩子们不再那么守规矩，自然脚上很少会有这种坐茧。阿铃脚上的坐茧显得有些碍眼。还有，她的头发里夹杂着很多白发和红发，这好像和饮食有关系，来到千仓家之后慢慢减少，后来变成了一头乌黑的秀发。阿铃偶尔回乡下，家里人和邻居们都为阿铃高兴，觉得这头发的变化不可思议。

阿铃天生味觉发达，很会品尝美味。自然，做饭也很拿手。她的前辈阿初当时还在千仓家，在京都和热海之间跑来跑去，厨房就交给了阿铃，让她练就了一手关西风味的好菜。让她泡茶，味道也和别人不一样。正因为如此，她自然也就比别人更爱吃。磊吉夫妇觉得请阿铃吃饭很有成就感，总是带她去好吃的店，一有什么好吃的总是给她留着，让她尝尝看。

说到这里，还有一个小插曲。阿铃来到下鸭家里试工两三天之后，一天到主人房间伺候吃晚饭，一进房间，只见磊吉坐在床上，被子上摆放着餐案。餐案是一个涂着朱漆的高脚四方圆角餐案，餐案上和旁边的盆里放着几碟阿铃从未见过的神秘菜肴。那是从木屋町三条路口北面的名为"飞云"的店里叫来的中餐外卖。都有哪些菜肴已经记不清楚了，大概有海蜇的冷盘、皮蛋、燕窝羹、鱼翅汤和东坡肉之类的。阿铃看见磊吉夫妇吃得津津有味，不禁感叹世上还有这么神奇的食物，于是赞子用汤匙把这些菜肴每样都夹一些到小碗、小碟里递给阿铃：

"阿铃，你没吃过这些东西吧。尝尝看！拿去厨房的话，会被大家看见。你就在这里吃吧。"

于是，阿铃有生以来第一次品尝到了中餐，据说当时她就想世上怎么会有这么美味的东西，实在是太好吃了。以后经常和人讲起这次的惊喜经历。

磊吉曾经领着阿铃去河原町朝日会馆八楼的阿拉斯加西餐厅。一般没有见过世面的女孩到了这种地方都会惊慌失措。可阿铃因为长得漂亮，被服务生误认为是大家小姐，所以阿铃一点没有发怵，态度非常得体。和磊吉面对面就座后，不需要磊吉一一指点，无论是汤的吃法、刀叉的用法，还是黄油刀的处理，餐桌礼仪模仿主人的做法很到位，一点没给主人丢脸。这是一般的女佣很难做到的。从那以后，她越发镇定自若，跟着主人去一些正式场合毫不怯场，同时又没有装腔作势假装小姐，这个尺度的把握非常自然，恰到好处。

第十二回

磊吉散步的时候，基本都是阿铃陪着。

"阿铃，走吧。"

两个人傍晚时分出去，走得高兴了，还会去熟悉的饭店坐坐，四条木屋町上西入的"檀熊"、祇园末吉町的"壶坂"之类的。在壶坂曾经发生这样一件事情。磊吉喜欢吃炖牛舌，以为阿铃也会爱吃，就点了两人份，没想到阿铃皱着眉头小声在磊吉耳边说：

"先生，这是牛的舌头吧。"

"是的。你不喜欢吃吗?"

"其他东西我都爱吃，唯独这个实在是……"

"是吗，为什么啊?"

原以为阿铃的家在风光明媚的琵琶湖畔，应该是风雅闲静之所。哪知道近年阿铃家门口的大道上汽车越来越多，总是尘土飞扬。阿铃在田里干活的时候，看见牛伸出长长的舌头拉着板车，滴滴答答地流着口水一路走过。阿铃说，那时候每天看见那些口水落在地面的尘土上，一想到是那个舌头做成的菜肴，无论如何也不能下咽。

去东京的时候主要是新桥的新桥亭、田村町的新家饭店这两家中餐馆，日本料理就去大丸百货地下的辻留、西银座的浜作。不过在东京不是和阿铃两个人，一般是和两三个家人一起去。每次也不一定都是阿铃陪着去，其他女佣也去过，大概阿铃去得最多。而且，其他女佣去的时候不是和主人吃一样的饭菜，而是专为女佣准备的家常菜，只有阿铃去的时候会吩咐厨房：

"这孩子喜欢吃，也懂得吃，你们给她做些她喜欢吃的吧。"

阿铃是昭和二十七年秋天来的，第二年三月末又来了一个叫阿银的姑娘。

阿银比阿铃小三岁，那年十九岁，是千仓家里最年轻的女佣。这个女孩也是阿初介绍来的，鹿儿岛生人。听阿初说，阿银家就在阿初家的对面，阿初家里很穷，可阿银家却相当富裕，家里地很多。因为家境比阿初好，只要本人愿意完全可以继续读书，可是阿银自己不愿意上学，阿初想这么聪明诚实的孩子要是叫到千仓家来一定能帮上忙，就把阿银叫了过来。

在千仓家的女佣之中算得上是美女的，大概就是这个阿银和阿铃了。阿铃在每个人的眼里都是美女，没有异议，阿银却是有人喜欢，有人不喜欢。按照磊吉的喜好，阿银更胜一筹，不过那也是到了千仓家两三年之后的事情，她刚来试工的时候，完全没有想到以后会出落得那么吸引人。当时只觉得阿银一双又圆又大的眼睛像是会说话一样，机灵可爱。

赞子当时就说："这孩子是双眼值千金啊。"

这一点正好和阿铃相反，阿铃欠缺的东西在阿银身上找到了。

阿银来千仓家之后不久，就发生了两件令人难忘的事情。前文说过，千仓家按照旧习，认为直呼女佣的本名对不起她们的亲生父母，所以一直给女佣起个临时的名字。阿驹、阿定、阿铃都不是她们的本名，阿银来了之后也按照这个习惯决定给她起个名字，夫妻两人商量来商量去决定还是叫她"阿梅"。因为之前在千仓家做工的阿梅（原名叫"阿国"）也是鹿儿岛泊村的人，和阿银还是远房亲戚。阿梅是阿银祖母的侄女，阿梅父亲去世得早，她从小就被阿银家收养，初中毕业后到京都来打工。后来因为生了不好的毛病，告假回了老家。病情也没有加重，现在过得很好。因为有这层关系，千仓家决定让阿银也用"阿梅"的名字。赞子和本人一说，阿银斩钉截铁地拒绝了。

"我不要这个名字。"

"为什么不要？"

"得了癫痫病的人的名字，我不要。"

"我本名叫阿银，就叫阿银好了，没关系的。"

夫妻俩看她说得那么坚定，想想这一定是个任性、不听话的孩子。

赞子妹妹鸠子的丈夫去世后，做了婆家的养女，在北白川自立门户，家里没有女佣，向姐姐借阿银过去做工。

可阿银说："我说好是在千仓先生家做事的。"待了一天就回千仓家来了。

下鸭宅前有一条涓涓细流自北向南流过，有人说这就是鸭长明①和歌中的"蝉之川"，可是查一下吉田东伍的地名辞典就知道这是讹传，本地人一般称它为"泉川"。这条小溪发源于松崎村，自

---

① 鸭长明（1155—1216），平安时代末期到镰仓时代初期的和歌诗人、散文家。代表作是号称日本三大随笔之一的《方丈记》。

纠森东面流过，注入加茂川。千仓家的女佣出门买东西时，要从架在大门前的一个小桥过到河对岸，向西穿过纠森的参拜路径，走到大路上乘坐开往深泥池的公交车（那时候市里的电车还没有通到这里）。说起这座小桥，原本是一个简陋的土桥，后来小河发水，桥被冲塌之后，附近的人们集资重修了一座混凝土的新桥。虽说是混凝土的桥，其实也不过是六米长、一米宽左右的简易小桥而已，栏杆什么都没有。从桥下开始慢慢爬坡，桥身也基本呈弧形。所以骑着自行车过桥是很危险的，大家一般都在桥下下车，推车过桥。一天，阿银出去办事的时候，仗着年轻直接骑车过桥，结果连人带车一起翻到了桥下的河里。

当时是下午两点左右，河水很浅，没有溺水的危险。可是河底有些瓷器的碎片，划伤了阿银的头，眼看着鲜血就从双眉之间流了下来。正好阿驹从后门出来到河边来，看见阿银满头是血地从河里爬起来。

"哎呀，不得了！阿银，这是怎么了？"

阿银没有回答阿驹的问题，只是说：

"购物篮掉进河里了，你快点捞上来。篮子里还有钱呢！"

"钱什么的无所谓了，你快点处理一下伤口吧。"

阿驹把浑身是血的阿银扶进厨房，赶紧叫出租车。不巧的是小车都出去了，只剩下大车。大车也没关系，快点来一辆！说完，两个人赶紧到门外等着，附近的人以为发生了什么大事，都赶了过来。因为车子太大，路窄，没办法开到门口，停在很远的地方。阿银头上的血流下来，眼睛也睁不开，不由分说拨开人群冲进车里，俯下身体不让别人从窗外看到自己。

"请去御池的高折医院！"

阿驹紧跟着阿银冲上车，吩咐司机。一路上阿银眼泪扑簌扑簌地落下来，可却一直没有喊疼，反而不停在意自己的样子："衣服搞得这么脏""让人看见多不好"。因为从河里爬上来的，衣服都湿透了，血又一滴滴地流下来，车子也被弄脏了。

到了医院，医生说双眉之间有三厘米左右的伤口。马上注射了盘尼西林和破伤风疫苗，伤口进行局部麻醉后缝了两针。回到家的时候，脸肿成了平时的两倍，头上缠着绷带，热度将近四十度。

赞子说："这事情大了，双眉之间弄了这么长的伤口，我怎么对你母亲说啊。"

阿银回答：

"这都是我自己不好，怪不得别人，和太太您没关系。当时应该下车推过去，都因为骑车过桥，才搞成这样。我会和母亲说的。"

倔强的她缠着绷带，发着高烧，就又开始干活了。千仓家的主人赶紧制止了她。之后连续几天去医院注射盘尼西林，额头上的伤疤直到九年之后的今天，还依稀可见。看惯了的话觉得没什么，可是本来是个美女，让人觉得惋惜得很。大概双眉间的伤疤一辈子也消不掉了吧。

在这里我们讲讲后来阿初的情况。

阿初介绍阿银过来是昭和二十八年的事情，算起来她已经在千仓家干了十八年。这期间有四年在打仗，战争最激烈的时候，阿初的老母亲生病，后来患有脊柱结核的哥哥去世，阿初因此回了老家几次。昭和十一年，她来反高林的千仓家时二十岁，现在已经快四十了。可怜的是，无论京都，还是老家，从来没有人给她提亲。

大概是还住在寺町今出川的时候，有一次磊吉领着阿初到河原町散步，突然阿初停下脚步，盯着磊吉的脸，满脸无奈地问道：

"先生，我真能嫁出去吗？"

"当然能！一定能嫁出去的，别担心！"

当时磊吉是这么回答的。磊吉觉得虽然世人都认为阿初相貌平平，可也不能一概而论。在这部小书的第二回曾经这样描写过阿初的相貌：

"睦子说她像电影里的黑人女佣，是指脸庞的轮廓，其实阿初皮肤很白，身材丰满富态，并不难看。在三十年前的二十岁女子中，算得上个子高挑，清清爽爽。她手指很长，脚虽然有点大，但形状不错。磊吉没有见过她的裸体，不过据睦子说，阿初的胸部比玛丽莲·梦露还美。"

"磊吉不喜欢脚底很脏的女人，而阿初永远脚底雪白，像是用毛巾刚刚擦拭过一样。从领口窥见的内衣也从来都是新洗过的，不带半点污渍。"

因此，磊吉说阿初一定能够嫁出去，并不只是在安慰她，磊吉真是这么想的，他坚信这么好的女子没人要的话，世人也太没有眼光了，阿初一定会找到合适自己的姻缘，可是这个姻缘却迟迟不来。

阿初有一段时间一个人在热海的别墅留守。那段时间，她经常把到别墅做事的小伙子们召集起来，请他们吃寿喜锅，玩耍到深夜。磊吉夫妇后来从别人那里听说这件事情，暗暗担心阿初是不是也熬不住了，她是个有洁癖的人，以往从来没有犯过什么错误，万一学坏了可不得了。幸好后来也没有传来什么不好的消息。不久以后，阿初被叫回了京都，暂时去北白川的飞鸟井家里帮忙。

昭和二十四年，鸠子的丈夫飞鸟井次郎患癌症去世后，鸠子卖掉了南禅寺的房子，暂时寄居在下鸭姐姐家里。次郎没有孩子，鸠子就过继了姐姐前夫的儿子启助，让他继承家业。启助和同志社大学英文系毕业的绕子恋爱结婚，鸠子给他们在北白川花田附近，也就是白川御殿的遗址那里新建了房子。阿初过去帮忙的时候，正好小夫妻生了个女孩，叫"美雪"，实在需要人手。

　　绕子继承了祖父——著名画家梨本蓝雪的血统，颇有天才的敏锐之处。这位年轻的太太很难和人相处，又非常挑剔，可这位绕子夫人却从来没有说过阿初一句不是，不仅如此，还非常感激阿初辛苦工作，直到如今仍对阿初念念不忘，这当中自然有她的理由。首先，绕子当时只有二十四岁，还很年轻，阿初比她年长十三四岁，虽然没有生过孩子，可是万事都很老到，家务弄得井井有条，看孩子自不用说，又烧得一手好菜，实在是难得的好帮手。阿初身材高大，为人也大方，从不计较，一副大姐头的派头，正好和神经质的绕子形成了良好的互补。看见婴儿美雪躺在阿初宽大的臂弯里安睡的样子，人人都觉得安心踏实。

第十三回

　　这时候，也就是阿初在飞鸟井家帮忙照看美雪的时候，出人意料地同时有两门婚事从完全不同的方向找上门来。一个来自一直为磊吉按摩腿脚的女按摩师，另一个则是阿初在和歌山的姐姐提出来的。按摩师介绍的是千本下立卖那边的一个药店店主，老婆死了，没有孩子，生活虽然没有那么富裕，但也是小康人家。按摩师并不认识本人，也是经人介绍知道的，看着阿初总是一个人怪可怜的，出于热心肠牵了这个线。

　　和歌山那边，上文也提到过，阿初的姐姐在那里，她为自己，也为自己的妹妹着想，提出了这门婚事。阿初的姐姐当初为了养活母亲和患有脊椎结核的哥哥，三千圆被卖去和歌山，后来得到一个老板的资助，开了一家小餐馆，那个老板的妻子去世后，相当于被扶了正，现在过得很舒服。阿初的姐姐没有孩子，盘算着阿初出嫁以后，把妹妹的孩子过继过来照顾自己。正巧餐馆的一个老主顾，老婆留下两个孩子先走了，正打算续弦。于是，阿初的姐姐赶紧写信来说有这么一件事情，能不能请假到和歌山这边来看看，男方自己也熟悉，值得信赖，这门婚事一定能够顺利。

两门婚事同时找上门，阿初一时也不知如何是好。按照磊吉他们的想法，实在不忍心让这个和自己一家人生活了近二十年的姑娘——虽然按年龄早称不上是姑娘了——嫁到完全陌生的地方。如果是回到老家鹿儿岛另当别论，和歌山这个地方连本人都没有去过，虽然阿初的姐姐曾经和老板一起来过京都，人品都了解，可是男方到底是什么样的人，阿初姐姐的话应该没问题，但是真能完全相信吗？听说男方家是和歌山市郊的农户，说是如果从小干惯农活的阿初能够过去，一定会帮他们大忙，可阿初在乡下干农活已经是好多年前的事情了，现在本人已经习惯了京都的生活，过惯了城里的日子还能满足于终日干农活吗？时间一长，不会有什么不满吗？实在不忍心让这么一个已经感觉细腻、精通人情世故的女子重新回到以前的乡下。磊吉夫妇一想到每次阿初回乡下两三个月之后，晒得黝黑地回来，就舍不得阿初再去乡下。况且男方的前妻还留下两个孩子，阿初和他们能合得来吗？

　　药店的主人没有去调查过，也不了解情况，不过至少没有孩子，这点比较安心。千仓家可以作为阿初的娘家让她从下鸭出嫁，嫁过去如果不满意，可以逃回来。磊吉他们随时都欢迎阿初，当然不是说希望阿初能够回来，不过下鸭这边是这样打算的。

　　也许磊吉夫妇有点为自己打算之嫌。站在阿初的立场上，老家母亲没了，现在和歌山的姐姐就像自己的母亲一样，不可能那么轻易违背姐姐的意思。如果离开千仓家，她能够去的地方已经不再是鹿儿岛，而是和歌山了。虽然千仓家对自己有恩，可是最后能够依靠的还是姐姐。到了姐姐那边，先不管婚事如何，可以先在姐姐的店里帮忙。鹿儿岛太远了，如果是和歌山的话，以后随时可以到京都来。您这边有事的时候，我一定马上飞过来。阿初这么说着，不停地和美雪贴脸，这个孩子就像她自己的孩子一样，阿初哭着和磊吉、赞子、鸤子、绕子、睦子道别，在夏天将要过去的时候，出发去了和歌山。她在绕子那里干活也就四五个月的时间，美雪还小，分不清东西南北，对阿初的样子完全没有印象。

阿初姐姐的计划成功了，不久阿初就结婚了。磊吉夫妇没有列席婚礼，不过并不像夫妇俩担心的那样，据说阿初过得很幸福。幸好当初没有多管闲事，现在阿初已经成了四个孩子的妈妈，其中两个是丈夫前妻留下的。孩子们也一起帮忙干着农活。

阿定是千仓家的女佣当中由千仓夫妇介绍找到结婚对象，并顺利出嫁的第一个姑娘。这个姑娘在前文讲到阿驹的事情时提到过。她是大阪府下北河内生人，比阿驹晚一两个月来到千仓家。不过，她并不是第一次做女佣，据说在前面一家做工时，被经常出入那家的大藏流派的著名狂言师春山仙五郎的家人看中，人品深得他们信任，差点就做了那家的儿媳妇。来到千仓家之后，阿定也非常能干。那时候，磊吉正在改建书房"合欢亭"，有三四个木工和其他工匠住在家里，他们的伙食都由阿定操办，无论晚上做到多么晚，第二天一早五点钟就又起床干活了。在干活方面，她从不抱怨。而且她很喜欢小孩，对小动物也很有感情，总是照顾小猫小狗。

养宠物的家庭一般都希望女佣也能喜欢小动物，可不是每个家庭都那么幸运，喜欢小狗的女佣倒是比较常见，可是猫的话，大多数女佣都讨厌。一不留神，猫就会在客厅里大小便，弄脏衣服和被子，有点生鱼片、烤鱼之类的，还要提防别被猫叼走。弄得不好就会被主人骂，还要洗这洗那。偷偷骂猫两句，它们还会去向主人告状，喜欢猫的主人马上就会察觉。下鸭家里有两条斯皮茨狗，还有一只叫"咪咪"的日本猫，是只母猫，磊吉夫妇、鸠子、绕子、睦子都是爱猫如命的人，能有一个像阿定这样爱猫的女佣，实在是难得的好事。

阿定之所以这么喜欢孩子和小动物，和她不幸的身世关系密切。她父亲原来是北海道一所中学的校长，生了阿定和姐姐两个女孩，因为某种原因和妻子离婚之后，两个女儿就被送回了母亲的娘家。从此以后，阿定的不幸就开始了。母亲的娘家本来是相当富裕的农户，可阿定十四岁的时候，因为亲戚家没有小孩就被领养了过去。哪知道没过多久，养父母有了自己的儿子，阿定一下子从养女的身份变成了看孩子的用人，每天都非常辛苦。还好，养父母允许她去县立女校读书。阿定的姐姐更加悲惨，姐姐在十二岁的时候被另外一家领养之后，连小学都没能好好读。成年之后又被坏男人欺骗生了两个孩子，最后成了基督徒。阿定的亲生母亲已经改嫁，没办法阿定只能回到当年赶走母亲的父亲身边，可父亲也已经再婚。从看小孩那时候起，阿定就养成了天还没亮爬起来干活的习惯。所以到别人家做工，她也觉得这是理所应当的。从小没人怜惜自己、心疼自己，孤苦伶仃的她自然而然把不会说话的小动物们当成了自己的朋友来依靠。

因为这个缘故，她从不吝啬对别人的不幸寄予同情，为他人粉身碎骨地工作。幸运的是，她有一个好身体，比普通人辛苦几倍，她也能扛得住。大藏流派的春山仙五郎一家看中的就是她这一点。过了不久，在热海这里，也有人佩服她的吃苦耐劳，无论如何要给阿定介绍一份好姻缘。这个人就是在海岸大道开了一家食品店，又在店铺二楼开了一家咖啡馆，大获成功的巴屋店主。巴屋的老主顾山本旅馆是当地知名的老店，旅馆经理的儿子现在在逗子帮着姐姐夫妇经营外卖饭馆。这个青年打算自己独立，成家立业，于是巴屋店主想到了阿定。青年的姐姐也很能干，外卖店经营得红红火火，老公据说是当地一个大船主的儿子。青年如果独立的话，姐姐一家，还有山本旅馆的父亲双方都会出资，为了避免和姐姐的买卖冲突，打算在当地开一家寿司店。可是，如果找不到一个像姐姐那么能干的老婆一起干的话，很难坚持下去，要是阿定的话，那是再合适不过了。巴屋的店主这么说。

这件事进展得一帆风顺，就在阿初去和歌山的第二年、昭和二十九年冬天，阿定的婚事谈妥了。阿定没有像样的娘家人，亲生父亲虽然健在，可是户口不在那里。户口住址的家里，母亲又不在。没办法只能由千仓家代替女方父母，巴屋店主夫妇作为证婚人，举行了婚礼。婚礼就在男方姐姐经营的外卖店里面的客厅举行。磊吉没有出席，千仓家由赞子、睦子出面，还有阿驹一起过去帮忙。新娘这边只有三个人，新郎那边除了姐姐夫妇之外，还有一些亲戚、朋友，加起来不到十五人，喜筵也摆在那里，虽然人不多，不过八张榻榻米大小的客厅放不下，又在走廊里铺上了毛毯。婚礼仪式非常简单，既没有神官的祝词，也没有斟交杯酒的小花童，就由姐姐家的小女孩象征性地倒酒，进行了三只酒杯共九次的交杯仪式①。小夫妻当晚出发去峰温泉蜜月旅行。他们和赞子等人一起乘车到热海，之后在峰温泉住了一晚，回来的时候又绕到千仓家问候，阿定

---

① 日本婚礼上的仪式之一，一套杯子共大中小三只，先由新娘每只杯子喝一次，共三次，接下来是新郎三次，最后又是新娘三次，一共九次。

给其他女佣买了温泉地的人偶作礼物。磊吉看见小夫妻俩在庭院里开心地摆弄着新买的照相机，不停地按着快门。

阿定结婚已经九年了，寿司店的买卖顺利，现在店里已经雇了五六个服务员，孩子也生了三个。丈夫拼命工作，妻子也是一把好手，估计已经颇有积蓄了。千仓家的这些女佣当中，现在估计属阿定过得最好。

阿定结婚之后，又有几个女佣各自找到合适的人家出嫁了。这些女孩子在千仓家做的时间都不长，大多回到老家后从自己的娘家出嫁的，所以磊吉他们不知道详细情况。当中有人偶尔寄来贺年片，一家人由此聊起来，想象着某某女孩现在也成为贤内助了吧。不过不知道为什么，大多数人都没有任何消息。在阿定之后，由磊吉夫妇代为操办，举行了隆重的婚礼，风风光光出嫁的就是那两个美女，阿银和阿铃。

阿定的婚礼真是很简单，非常朴素。这两个美女结婚的时候，磊吉出席，伊豆山最高档的旅馆店主为阿铃夫妇做证婚人。阿银远在鹿儿岛的祖母和母亲一起赶过来，又装饰嫁妆招呼附近的人参观，场面很盛大。两个人是同一天，在同一个地方——当地伊豆山神社的大殿举行的结婚仪式。先是阿铃夫妇，接下来是阿银夫妇，阿银的喜筵摆在神社半山腰的亲戚家里，阿铃则是在神社的偏殿办的婚宴，磊吉分别在二人的喜筵上致词。二人的喜事是在阿定结婚三四年之后，这当中，特别是阿银身上发生了很多故事，必须要在这里留一记录。

前文说过，阿银的美貌引人注意是后来的事情，十九岁刚到下鸭来的时候，也有年轻人被她吸引，泊泊舍洗衣店的青年就是其中之一，热烈地追求了阿银一阵子，估计也是被阿银那双不输给大明星的眼睛征服了。不过，那时阿银还是个天真的孩子，本人完全没有那份心思，洗衣店小伙子的举动干脆没有放在眼里。只管整天哼着"蓝蓝的月亮"的小曲，干自己的活。

第十四回

事情说起来有点复杂，在这里有必要就千仓家战后几次搬家、更换住所一事作一说明。

昭和二十一年，磊吉夫妇离开冈山县真庭郡胜山町的避难之所，回到京都借了房子，就在上京区寺町今出川上的龟井附近。不久以后，搬到左京区南禅寺下河原町的白川岸边，后来又把这处房子转让给飞鸟井夫妇，搬到下鸭纠森附近，这次的宅子有池塘、瀑布，还有美丽的庭园。除了京都的住所之外，南禅寺时代就在热海有了别墅，最初是借了朋友在山王宾馆内的别墅居住，后来下鸭时代，在热海仲田买了一处物业。阿梅的癫痫事件、昭和二十五年的热海大火，还有小夜的同性恋事件都发生在仲田时代。

昭和三十年前后，仲田方面也通了公交车，原本安静的别墅区慢慢变成旅馆、艺妓馆鳞次栉比的娱乐区，不再适合磊吉他们居住，于是又把这里的别墅卖掉，搬到热海站和汤河原站之间一个叫伊豆山鸣泽的地方半山腰上的房子里，一直住到今天。阿定结婚就是这个鸣泽山庄时代的事情。

鸣泽虽然也属于热海市内，六七年前还非常肃静，从车站要走近八里路，不过可以一边向南遥望大岛火山喷发出来的烟雾，一路悠闲走来。现在住在东京涩谷常盘松的木贺夫妇当时就住在向东两里地的大洞台。横山大观①的别墅也离得不远。磊吉将自己的山庄命名为"湘碧山房"，山庄面对着前往松井石根大将修建的兴亚观音堂参拜的石阶中段，堂主好像是一个法华教信徒，无论隆冬酷暑，每天早晚准时敲鼓，在山庄中清晰可闻。热海是知名的避暑胜地，在鸣泽置业之后，即便是冬天，廊檐沐浴在阳光下，也非常温暖，夏天因为处在半山腰，又非常凉快，虽然下车之后要爬六十几级台阶，有点吃力，不过习惯之后也不觉得累了。

磊吉一家就这样冬夏住在热海，春秋回到京都，过了两三年，觉得跑来跑去很累，想想还是离东京近的热海更加方便，于是把伊豆山的别墅作为主宅根据地，京都下鸭的房子彻底不再住了。那是昭和三十一年年底的事情。虽然下鸭的房子卖了，不过飞鸟井一家还住在京都北白川，现在启助和绕子住在那里。鸠子一年之中大部分时间都寄居在伊豆山姐姐家里，不过京都也要回去几次。磊吉夫妇也很留恋京都，就把飞鸟井家当作自己的别墅，让他们在二楼给自己留了一个房间，偶尔去叨扰十天半个月的。

湘碧山房没有下鸭的府邸宽敞，下鸭那块地有七百坪②，而湘碧山房二百坪都不到，建筑面积只有八十坪而已。幸运的是房子东面有一块两百坪的空地，长满了萱草和芒草。这块空地的主人不知出于何种考虑让这块地一直空着，还对磊吉说："虽然不能把这块地卖给你们，不过你们可以随便使用，只要不建房子就行。反正空

---

① 横山大观（1868—1958），日本近代著名画家，文化勋章获得者。参与创建日本美术院。
② 一坪约等于 3.306 平方米。

在这里，你们可以把它当成运动场，不收你们使用费的。万一我要处理这块地的时候，会第一时间告诉你们。"磊吉很高兴地接受了对方的好意，马上把萱草、芒草都除掉，种上了草坪，又在草坪中间修了散步的小路。按照约定没有建房子，只是种了三棵和京都平安神宫那里一样的红色垂樱，又栽了几株染井吉野樱，在东北角上搭了紫藤花棚，从大洞台的木贺府邸分了一些文殊兰，种了一丛胡枝子，另外建了随时可以拆除的小亭子和给狗住的小木屋。磊吉把这两百坪绿化地带称为"后园"，除了大门口通往兴亚观音的石阶之外，从这个后园还有五十级石阶通到下面的汽车道。时常有去兴亚观音参拜的人走错路误入后园，这里的石阶后来在阿银的恋爱事件中也发挥了重要作用。

　　磊吉夫妇、鸠子、睦了经常不在伊豆山下车，直接坐到热海去逛逛。沿着海岸向着西山方向笔直延伸的大马路，不知从何时起被称为"热海银座"，成了最繁华的街市。也就不久之前吧，磊吉一家购物、看电影、喝咖啡、吃寿司都要跑到那边，每天至少都要叫一次湘南出租的车子。有时候，一天还要叫两三次，对于出租车公司实在是难得的好主顾。这家出租车公司在从鸣泽去往热海方向一公里多的地方，有个桥叫逢初桥，就在桥下第四五幢房子，所以每次叫车，七八分钟后就等在石阶下面了。出租车公司有二十四五个司机，每个人都和千仓家熟悉了。女佣们出门时一般都乘公交车，来回的路上经常可以搭个顺风车。对于拎着蔬菜、鱼、水果这些重物的女佣们来说，实在是难得的好事。司机们经常把她们放在逢初桥，然后她们自己乘公交车回来。也有的司机直接把她们送到鸣泽家的石阶下面。

可以说，阿银和光雄的关系正是这个出租车撮合的。光雄的父母在汤河原经营大众食堂，就光雄一个儿子，他们原本是伊豆山人，当年经营外卖餐馆，生意十分兴隆，后来生意失败，流落到了汤河原。所以光雄并不是身份不明的外来客，他在湘南出租做了十几年司机。磊吉觉得光雄不过是个非常普通的城镇青年，不至于阿银那么爱得着迷。在二十四五个出租车司机当中，也算不上是特别帅，可不知为什么这里的年轻女孩都被他吸引，在各处的旅馆女佣中很有人气，经常被点名出车。阿银自己也搞不清楚是什么时候开始和光雄熟络起来的，赞子、鸠子她们去热海银座购物，或者去东京、京都的时候，女佣们一定要送到车站，也许是回来的路上或者其他偶然的机会阿银搭过几次光雄的车。阿银注意到，光雄对着后视镜中的自己频送秋波，这才开始留意这个青年。

有一次，鸠子回京都，阿银送去车站，那天也是光雄开车。阿银进站送鸠子走后，从检票口出来，发现光雄的车子还在等着，就过去问。

"你在干什么？"

"等你呢。我送你回去，上车吧。"

光雄说话很随便，一副自来熟的样子，据说女孩子们就喜欢他这个腔调。

"我还要去街上买好多东西。"

"那我送你过去，上车吧，反正很快就买完的吧。"

"事情很多，要转四五家店呢。还要去邮局寄几封挂号信，不会快的。"

"那没办法啦，下次再见吧。"

"好啊。对啦!"

阿银说着,把鸠子给的一百圆纸币递给光雄两张。

"给你。"

"不要!"

"你一定要拿,这是太太刚刚给的车钱。"

"我不要!你留着当零花钱吧。"

"那不行。"

"我说不要的,Bye-bye!"

光雄把两百圆钱推了回去,顺势紧紧地握了阿银的手一下。

还有这么一件事。

赞子去画家山畑胜四郎家拜访时,阿银陪着乘光雄的车过去。去山畑家要钻过车站前面的高架桥,沿着桃山的坡路爬几百米,再向左转弯,是个僻静的地方。山畑家门前也有很陡的石阶,赞子在石阶前面下车后,自己走石阶上去,一般要和主人夫妇闲聊一两个小时,所以一般打发陪同的女佣和车子回去。那天阿银也把赞子送进山畑家的大门口,转身下了台阶要搭车回去。突然,光雄从背后抱住阿银,吻了起来。这吻充满激情,热烈细腻,阿银默默地任凭光雄吻着。

阿银对光雄的感情就这样急速升温。南方出生的她比任何人都要死心眼、不管不顾,内心里翻滚着自己都无法控制的激流,不知不觉地光雄不在的话,就会茶不思饭不想。磊吉他们没有注意到,每次叫出租车的时候,经常是光雄的车子过来。那是因为阿银自说自话打电话到出租车公司,只要光雄在,就要求光雄出车。其他女佣知道内情,虽然对她的这份痴心看不下去,可也都出于朋友情谊，背着主人尽量叫光雄的车。每次光雄都拼命按着喇叭，顺国道上坡而来，接着就把车停在石阶下面，唱起三桥美智子"来自苹果村"中"还记得吗？故乡的小村"的小调。

每次主人出门，未必都是阿银陪同，不过她总是第一个冲下石阶握住爱人的手。出租车沿着鸣泽的坡道而下，顺着海岸边的国道向热海车站方向转过几个弯，时隐时现，阿银一直挥着手，依依不舍地目送车子远去。

在湘碧山房的石阶下面，也就是每次出租车停靠的地方，正好是小谷制作所的社长玉井良平的别墅。玉井夫妇偶尔周末会从东京开奔驰车过来，住一个晚上，去川奈的高尔夫球场打球。平时则是一个四十五六岁的女佣阿米留守，阿米是个寡妇，带着上小学的两个孩子，住在玉井别墅旁边的小房子里，大门只是一个简单的栅栏门。不知从何时起，阿米见惯了停在栅栏门外的光雄的出租车，自然也屡屡目睹阿银下来和光雄握手、接吻的场景。日暮时分，天色昏暗，这场景变得愈发炽烈；即便是大白天的时候，两个人也完全不顾及会不会被人看到。有时候，看见两个人在车里抱在一起，阿米慌忙就逃开了。

阿银之所以总是恋恋不舍地目送光雄的车子远去，还有另外一个原因。从鸣泽回到逢初桥的国道沿线，有一家旅馆"松涛馆"，里面的服务员阿兼喜欢光雄。阿兼知道阿银和光雄的关系，每次光雄的出租车经过的时候，都会等在路边送个秋波，或是投个飞吻，运气好的时候，光雄会拉着她出去兜兜风。这一点让阿银非常嫉妒。每次光雄的空车开走后，阿银就竖起耳朵，仔细听听出租车是否在松涛馆前面停车。听不清楚的时候，阿银会走到石阶下面来确认，不然就不甘心。磊吉如果不在家，阿银就跑到磊吉的书房，把面对初岛、大岛方向朝南的窗子全部打开，站在那里观察。因为从这里的窗子望出去，能一直看到车子，出租车是否在松涛馆前面停车耽搁，一览无余。

可是光雄四处拈花惹草，并不只是松涛馆的服务员一个相好。据说公交车售票员里也有认识的，在热海那边旅馆的服务员里更是大受欢迎，这么多对手，阿银实在是嫉妒不完。据说有时候光雄正带着一个女孩兜风的时候，又撞见了另一个，赶紧让前一个钻进出租车的后备厢，再拉上后一个继续兜风。

阿铃按照主人的吩咐上街买东西时，阿银就会塞钱给阿铃：

"阿铃，拿着这个坐光雄的车去吧。"

阿银担心光雄逮住空子在街上游荡，想着尽量有更多的时间知道他在干什么。对阿铃来说，有人出车钱，不用拎着重重的东西，也是件好事。

第十五回

　　国铁的下行列车自汤河原车站开出后不久就钻进隧道。隧道很长，要到伊豆山温泉的"桃李境"旅馆那边才是出口。紧接着又是第二、第三个隧道，出口在逢初桥上方。第一个隧道的出口介于国道巴士鸣泽站与奥鸣泽站之间，比国道更靠近海岸一边，距离湘碧山房很近。阿银一有什么事情，就跑到隧道出口的正上方，蹲在那里，看着列车从脚下驶过，哭上几个小时。这种时候一定是和光雄吵架之后，要么是看见光雄拉着其他女孩子兜风，要么是那个公交车售票员给阿银打电话来找麻烦，要么是光雄约会没有来，等等，都是些鸡毛蒜皮的事情。可是本人却非常在意，哭喊着：

　　"气人！"

　　"我去死！"

　　说完扔下厨房里的活儿飞奔出去。阿驹和阿铃担心，追出去一看，阿银已经下了石阶朝着铁道线那边跑没影儿了。

　　"阿银，阿银，你去哪儿啊？"

　　怎么喊，阿银也不回头，追过去一看，又是蹲在隧道上面沉思呢。

"在那种地方干什么！这不是让我们为难嘛。"

后来，伙伴们也习惯了她寻死觅活，不再那么大惊小怪。每当她一说"要去死"，大家还是追出去，不过追到一半就返回来。结果不出所料，一两个小时之后她就自己回来了，可一看见伙伴们又懊恼得不得了。于是就不停地给出租车公司打电话，非要当天看见光雄才肯罢休。打到半夜两三点钟也不放弃，怕电话铃声太响，就用纸或者布把电话包起来，和当年阿初她们一样。伙伴们早就已经不耐烦，纷纷回到女佣房间睡觉了，可阿银就是不死心。最后还是光雄认输，揉着惺忪的睡眼被叫起来，走一公里的夜路过来。早就等得不耐烦了的阿银在石阶中间抓住光雄，两个人开始激烈争吵。光雄不仅说话粗鲁，还有点口齿不清，说话不利索，吵架一说不过就动手。于是两个人又是打，又是踢，又是抓，大闹一场。当然，也不是每次都是阿银吃醋引起的。在和光雄要好之前，阿银曾经在昭和出租有一个男朋友。虽然两人相处没多久就分手了，可这件事让光雄知道后，阿银每次一吃醋，光雄也反过来说阿银，结果两人越吵越厉害。

从山下过来的话，千仓家的山庄正好位于通往兴亚观音石阶的右侧。石阶对面有一幢比磊吉的山庄宏伟得多的别墅。最近歌手赖川道雄把它买了下来，偶尔过来静养。之前的主人是一家私营铁路公司的老板，一年到头空在那里，磊吉他们从来没看见别墅的防雨窗门打开过，只是在廊檐下看得见别墅的正房前面有一大片草坪，一棵巨大的楠树枝繁叶茂。这个没人居住的别墅为阿银和光雄提供了一个再合适不过的幽会场所。两个人打算好好享受约会时光的时候，就钻进这幢空别墅的院子。在这里，不要说晚上，就是大白天也不会被人看到。拥抱也好，厮打也好，调情也好，想干什么都可以。

有一次，阿银写的一封信的草稿被其他女佣拾到。打开一看，好像是阿银写给老家祖母的信，上面写着："急需三十万圆，请火速寄来。"女佣们都很纳闷，为什么阿银需要那么一大笔钱。原来是光雄自不量力借了钱正在为难。事情是这样的，光雄交了一些不好的朋友，经常偷偷出去赌博。这些狐朋狗友都是赌博老手，光雄哪里斗得过他们。偶尔吃到一点甜头，大多数时候都输得欠钱。慢慢地欠得越来越多，光雄也着急想扳回本来，结果反而输得更多，不知不觉地就背上了六七十万圆的债务。阿银当然想方设法劝说光雄离开这些人，洗手不干。她向祖母要这三十万圆，也是为了给光雄抵债，把他从泥沼中救出来。可是祖母不可能不明不白地出这三十万圆。

有一次，光雄突然说："不好办啊，今天能不能弄到五万圆钱？"

"要五万圆干什么？"

"弄不到钱，我就完了！"

"什么完了？"

"我的手就完了！"

"手完了！什么意思？"

"手指要被砍掉了！"

"非得弄到五万圆不可？"

"跟他们说好的，必须遵守。他们规矩很严，不能反悔。弄不到钱，就剁手指头。入了伙的人，都知道这点。"

"那你为什么要入伙？！"

"现在说这个有用吗?"

"什么时候要?"

"今天。"

"不能再缓两三天吗?"

"绝对不行,早就说好了的。"

上文说过,阿银的娘家比较富裕。她刚来千仓家的时候工资是三千圆,后来又涨到了三千五百,每个月祖母还给她寄来一两千圆零花钱,要是向家里要钱,还会寄来更多。所以,阿银在女佣当中应该手头最宽裕,可现在她把大笔钱都花在光雄身上。不用说别的,每天的出租车费就不是小数目。光雄装大方,阿银给他车钱,他也不要,可他又实际得很,每次吵架后,给他钱,他都收了。除了付给光雄的车钱,还有为了跟踪他的动向,阿银请其他女佣乘出租车的钱,积攒起来也是不小的数目。光雄喜欢喝啤酒,阿银经常抱着啤酒瓶到石阶下面,计算好光雄到的时间,事先把买好的啤酒偷偷放进厨房的冰箱为他冰镇好。有时候还到街上的洋货店给光雄买时髦的领带。一来二去,阿银的存折里一分钱也不剩了。让她一天之内准备五万圆钱,实在是拿不出这个数目。

"能不能向谁借啊。"

"我已经走投无路了,你帮我想想办法吧。"

"这怎么办啊。"

阿银寻思了一会儿,突然想到一个办法。

"不知道行不行,我去找阿铃问问看。"

"阿铃有这么多钱吗?"

"光雄,这钱借给你,你一定能还吗?"

"保证还，一次还不清，就分两次还。两个月内一定还清。"

"你一定要还啊。不然，我就没脸见人了。"

阿银是这样打算的：从国道往湘碧山房这个方向来的拐角处，有一个叫"啸月楼"的旅馆。旅馆的掌柜的——女佣们总是称呼叫"账房先生"——是一个叫长谷川清造的青年。阿银知道阿铃和这个青年关系很好，而且看得出来长谷川有点钱。阿银实在没有办法，这才想到可以请阿铃去求长谷川看看。

"好的，我去问问看，估计他会答应的。"

阿铃说完就赶紧出门了，不一会儿拿着五张一万圆的纸币回来了。

"谢谢！太谢谢了！这下光雄的手指保住了。你的大恩我绝不会忘的。"

"先不说这些，你得让光雄脱离那些黑社会啊。要是他办不到，绝对不能答应嫁给他。"

这个长谷川后来和阿铃结婚了，说不定就是这件事情把两个人撮合到了一起的。

说到这里，要让阿银的另一个有力竞争者百合登场了。

这个叫百合的女孩是和阿铃同时期到千仓家来做工的，应该比阿铃早两三个月吧，那时候磊吉的主宅还在下鸭。之所以前文一直没有提到，是因为她不是一直在千仓家做，而是几次进进出出，不太稳定。说老实话，磊吉很偏爱这个女孩，可能比阿银、阿铃还要喜欢一些。在京都的时候，磊吉很高兴领着百合在河原町一带散步，或是一起去看电影，别人可从来没有受到过这个待遇。百合并不比阿银和阿铃漂亮，年龄比阿铃小一岁，比阿银大一岁。个子小小的，应该比阿银和阿铃都要矮些，圆圆脸，而且是扁平脸盘，她自己也这么说。不过肤色很白，肥嘟嘟的，四肢都长得不错，脚像孩子一样可爱，整个身材还是很性感的。对了，她脸上还有一个特征，就是在右眼角那里，离开眼睛半毫米左右的地方有个小小的黑痣。因为实在太小，很多人都看不出那是黑痣，还以为是鼻屎或者什么粘在那里呢。磊吉有一次也搞错了：

"喂，你眼角粘了什么东西！"

说着就伸出手去想帮她擦掉。

磊吉之所以最喜欢和她一起散步，是因为她性格最开朗活泼，对主人也毫不客气。其他女佣，即便是像阿初那样的老人儿，或者像阿铃那样见过世面的，和磊吉一起外出的时候，也都比较拘谨。如果磊吉主动说话，她们会流利地应答，可她们却从不主动找话说。磊吉讲个笑话，也不会大声笑出来，只是微微笑笑而已。百合只要自己觉得有趣，就会主动找磊吉说话，甚至还会嘲笑嘲笑磊吉，拿磊吉开开玩笑，一点不会让人觉得闷得慌。赞子为了让磊吉保持年轻人的活力，有时候劝磊吉找个祇园的舞女一起玩玩，可磊吉觉得舞女反而让人劳神，不如和百合在一起安心。

百合这么讨磊吉喜欢，不用说人很机灵伶俐，懂得看别人的眼色。不过正因为如此，没有那么温顺，爱使小性子，好恶分明，甚至有点傲慢，和磊吉也经常冲突。顺心的时候，高高兴兴，对人很热情，一旦不满意，马上就噘起嘴，脸色很难看。赞子一直不满意百合这一点，在女佣中间人缘也很差。仗着磊吉喜欢自己，目中无人，对后来的女佣颐指气使。阿铃因为比她晚来两三个月，也时常被百合欺负。而且，百合还非常讨厌动物。虽然有女佣不喜欢小猫小狗，可百合非但不喜欢，还故意虐待小动物。

小猫到她身边去，她马上就大叫一声"畜牲!"连踢带打把猫赶走。

好几次女佣们纷纷来告状，说是"如果百合在的话，我们没法干活。只能告假了"。

磊吉只好突然下了逐客令："百合，你走吧。"

"你很伶俐，看电影看得明明白白，写字也写得好，又会裁剪，针线活做得又快又好，实在走了可惜。可是这个家里的人都和你相处不来。我虽然非常想留你，也没有办法，只能请你走，非常遗憾。如果你的脾气能够改一改，我随时欢迎你回来。"

百合听了这话，也一点不示弱，"我一定改，请让我留下"这样的话她从来不说。"好的，那我走。"说完马上收拾行李抬脚就走了。这样的事情发生过两三次，百合从来没有自己回来过。最后还是磊吉舍不得，写信给百合，"我不应该赶你走"，向她投降。即便如此，百合也不会马上答应，而是要再三催促之后才肯起驾。

第十六回

上文说百合是扁平脸盘，她的这个脸盘还有一个明显的特征。虽然这种女子的脸型在东京的平民街区、本所深川一带也经常看到，不过在江户和大阪两地，即便同样是扁平脸盘，也有不一样的感觉。大阪比起东京来，更有南方特色，让人感觉乐天而阳光。磊吉自己是东京人，不过妻子赞子一家都是地道的大阪人，所以磊吉更喜欢大阪女子。介绍百合到千仓家的正是大阪女子赞子的表妹。

"这孩子是大阪生人，姐姐您一定喜欢的。"

的确如表妹所说，百合一眼就看得出是大阪人，赞子当时特别高兴：

"还是大阪女孩好，皮肤细腻，和乡下孩子就是不一样。"

百合出生在新淀川西岸，靠近兵库县的西淀川区姬岛附近。据说原本父亲在那一带做水产生意，后来买卖不好做，就举家迁到了九州的福冈县，在大牟田的煤矿打工。那一年战争刚开始，百合还只是小学一年级学生。也就是说，自少女时代直至长成大姑娘，百合都是在九州的矿区度过的。尽管如此，她还能保持着大阪女孩的气质，实属不易。百合是长女，还有一个弟弟和两个妹妹。除了父母之外，祖母也健在，而且这个祖母特别偏爱百合。百合现在的性格应该和祖母的溺爱有很大关系。

百合的祖母据说曾在西宫市的一家医院做护士长，绝不是不讲道理的人，可不知什么原因，就是盲目地溺爱百合，对其他三个孩子非常不好。吃的穿的，百合都和三个弟弟妹妹不同，想要什么，祖母都给买来。百合的母亲不满婆婆偏心，想要对四个孩子公平对待，反而被婆婆责怪："为什么给百合吃这种东西？""怎么给穿这种衣服呢？"百合刚到千仓家的时候，一有空就在日本纸或者旧报纸上练习毛笔书法，令磊吉特别佩服。据说这也是祖母培养她的，曾经特地找了老师来家里教百合书法。一般的女佣都不会在信纸上用毛笔写信，可百合却驾轻就熟，连草书和行书都会写。那时候，磊吉正在教阿铃写字，阿铃晚上在女佣房间练字，被百合看到笔记本上拙劣的字迹，故意跑去讽刺磊吉：

"先生，阿铃写的什么字啊？"

"什么什么字啊。"

百合扑哧一声笑了出来：

"那字也写得太差了吧。让阿铃代笔写信，先生不觉得丢人吗？对收信人也很失礼啊。"

"谁说让那孩子代笔了？有你在，还用找别人嘛。"

"那就好。"

"我知道你为什么笑，不过阿铃已经很努力了，说不定很快就能写得很好。当然，你天资好，她赶不上你的。"

百合初中毕业后，祖母让她上了服装学院，修完了全部的课程。百合一直读书成绩很好，出类拔萃，又擅长书法，识文断字，再加上精于裁剪，自然来做女佣也架子很大。

不过，她是个"路盲"。银座并木大街有一家德国人开的食品店"科特鲁"，磊吉去东京的时候经常买这家店的香肠。让百合去买的时候，从来没有一次顺利买回来。百合不喜欢向人问路，自己又是个"路盲"，总是迷路，经常白跑一趟，店也没有找到，两手空空地回来。

在芝虎门与麴町的纪尾井町都有叫"福田屋"的旅馆。这是磊吉去东京时候的下榻之处。要写作的时候就去纪尾井町的福田屋，那里比较安静，有一次，叫百合过来做口述记录。可是，百合只认得虎门附近的福田屋，没有去过纪尾井町那边。虎门这边的女管家阿波知道百合是个路盲，仔仔细细告诉百合应该在赤坂见附下电车，然后到弁庆桥那里，再如何如何走就可以到了。磊吉也在电话里详细说明了路线，因为距离很近，又没有复杂的路口，路的一边是大堤，沿着堤走就可以，想想应该不会搞错。可是左等右等也不来，过了好长时间这才到了。一问才知道原来百合提着装满参考书的箱子在弁庆桥的派出所前面转来转去，警察以为是离家出走的，就叫去讯问，一开始百合不想说出磊吉的名字，结果让警察更加怀疑，后来打开箱子把里面的东西给警察看，警察知道是磊吉家的，态度马上不一样了，特地把人送到了旅馆。那次，磊吉和百合面对面坐在桌前，连续两三天口述笔录，看着百合低着头在稿纸上奋笔疾书，觉得她下巴的线条特别漂亮，以前只觉得百合很可爱，可从来没有认为她是个美女呢。

在音乐方面，百合也是五音不全。她喜欢唱歌，经常唱各种流行歌曲，可基本都跑调。记得她好像喜欢高桥贞二，又特别和高桥有缘，说是在银座经常遇见高桥，动不动就向别人炫耀，有一次从京都坐火车来热海，碰巧和高桥同一个车厢，让她兴奋不已。磊吉每次看见贞二演的电影，就自然而然会想起百合。贞二爽朗的笑脸的确像是百合喜欢的类型，将来希望她能找到一个这样的对象。

百合对食物的喜好也和别人不同。据说祖母想让她吃到各种美味，可她却不喜欢山珍海味。顺便说一下，千仓家的女佣嘴都很刁，一日三餐总是翻各种花样。早餐和主人们一样，味噌汤配萝卜泥、热海特产"七尾"萝卜咸菜，放入少量燕麦的大米饭。午餐是菠菜或者扁豆的拌菜、一两个鸡蛋做的蛋卷，加上前一天晚上主人们剩下的生鱼片或者其他菜肴。女佣里有人特别喜欢吃炒饭，经常自己做着吃，炒饭用的油都是"盖茨"品牌的高级色拉油，是主人们做天妇罗用过两三回之后的。除此之外，还有咖喱粉拌炒豆芽、咸鳕鱼子、煮豆、鱿鱼干丝等也是常吃的。晚餐是蔬菜炖猪肉、浓汤、热海特产鱼贝干货、卷心菜炒香肠、牛肉土豆饼、咖喱饭、猪排这些菜肴，一周还要吃一次寿喜锅（伙食都是主人家负担，另外医药费、洗涤用品类也是主人家支付）。可这些浓厚滋味的菜肴，百合都不喜欢。

不过她说早餐只吃米饭的话，肚子会胀，所以也会吃面包，配的不是人造奶油，而是雪印品牌的黄油。百合口味清淡，不喜欢吃得麻烦，经常用酱油拌着大葱和萝卜泥，浇在米饭上吃。磊吉曾经邀请百合去吃过两三次中国菜。结果百合其他菜都不吃，只说那个奇辣无比的类似老萝卜的中国咸菜好吃，加在泡饭里吃个不停。每次领着百合去京都、东京那些好吃的饭店，她都不觉得开心。和阿铃一起出去吃饭让人高兴，和百合一起的话，让人兴趣索然。

百合喜欢看《平凡》、《明星》这类杂志，也有全套的《谷崎译源氏物语》。女佣们把厕所称为"别墅"，大家都知道百合去"别墅"是件大事，每次都要四十多分钟，因为她一直坐在厕所里看书。虽然百合任性，不顾及别人，但她绝对不偷懒。兴致来了，就拼命干活，把所有的房间打扫得干干净净，一尘不染。百合还有洁癖，和以前的阿初一样，总是穿戴得整整齐齐，显得皮肤越发雪白，也许这也是磊吉特别喜欢她的原因之一。

百合性格爽快，和男生在一起也是干脆利落，从不扭扭捏捏。她和阿银争夺光雄时，好像也有不少故事，不过她不喜欢下流事儿，也许是因为这一点最终输给了阿银。她和光雄两个人之间一直是清清白白的。

祖母那么溺爱她，还让她出来做工，一定有难言之隐，她刚来下鸭的时候，真的是除了身上穿的一无所有，大家都记得她裙子弄湿，也没有替换的，只好把睦子穿过的裙子给她穿。五六年之后她离开千仓家的时候，已经是女佣中衣服最多的人了。有好几个装得满满的行李箱，随时都可以带着这些嫁妆出嫁。这也难怪，因为曾经几次和主人吵架，一会离开，一会又回来，每次都拿到工资以外的饯行费，赞子、鸠子、绕子、睦子又经常给她和服、衬衫、裙子、毛衣、开衫、手提包、各种首饰等，慢慢地就积攒了很多。在千仓家，不知什么时候又学会了城里的化妆技巧，以前那个看着好可怜的女孩，转眼间变成了时尚的小姐，判若两人。百合已经不是那个从九州煤矿来的女孩，无论谁看上去都是一个地道的大阪姑娘了。她自己也越来越自信，越来越自负，经常抽空去美容院。去的还不是一般的地方，而是四条河原町那里的钟纺服务中心。赞子有时候和百合擦肩而过，闻到一股法国娇兰香水的味道，估计是偷偷拿了赞子化妆桌上的。这么一想，看她用的口红、冷霜好像也都是伊丽莎白·雅顿的，可能也是偷偷用了主人化妆台上的。

故事的先后顺序虽然有点颠倒，不过百合和阿银的光雄之争且听下文，这里先说说百合后来的出路。

磊吉一直喜爱百合，慢慢地百合自己也心气越来也高，总是说想到东京去，去东京做电影明星的助理，不是女佣，而是陪同主人一起去影棚、外景地拍摄的助理。这当然也是因为磊吉夫妇在这方面有熟人的关系，的确百合并非做不了这份工作，说不定还会受到主人的重视，不过她爱使小性子，傲慢无礼，这个毛病一点没有改过，反而比以前更加自以为是。当时和磊吉夫妇如同家人般关系亲密的女演员高岭飞驒子正在找助理，磊吉夫妇想，也许可以让百合去试试，她一定很想去，可是缺点这么多，让人担心，提起飞驒子，那可是知名的大明星，能跟着飞驒子，百合说不定更加得意忘形。按照和飞驒子之间的关系，如果磊吉去和她讲，飞驒子不好意思拒绝，即便不满意可能也会用百合。如果是这样，磊吉反而觉得过意不去。转念又一想，如果介绍给高岭家，百合不知有多高兴，难得有这样一个机会，不告诉百合实在于心不忍，毕竟还是想看见她开心的样子。最终这种想法还是在磊吉夫妇心里占了上风，赞子亲自登门，把百合的优点缺点一五一十地告诉了飞驒子，拜托她用用百合看看。

昭和三十一年夏天，百合作为飞驒子的女佣兼助理住进了高岭家，当时她和光雄还没有完全断绝来往。直到和阿银结婚之前，光雄还向百合保证：

"我绝不会和那种女人结婚，那种眉间有伤疤的女人我不要，我肯定会逃婚的。"

也许光雄的话并不都是一派胡言，开始的时候他多少有点这种打算的。

第十七回

　　赞子第一次领着百合去飞骅子家的时候，想想拜访那么有名的明星，衣着不能过于寒酸，就先去高岛屋百货给百合买了合体的衬衫，让她在卫生间换好过去。赞子把百合留下，自己起身告辞，百合跟在飞骅子身后到门口送别，竟然一反常态眼睛里闪着泪光，赞子大出所料，心想平时那么傲慢自大的百合也会觉得心里不安啊。

　　飞骅子用了百合之后，觉得她的确能做不少事情。简单的内衣三下两下就缝好；让她代写个文书之类的也不费力气；最重要的是经过千仓家的调教，烧菜样样在行。百合这边也是终于如愿以偿当上了大明星的助理，可以在父母和朋友们面前吹嘘，在以前的伙伴面前争了口气。每次摄影的时候，百合就提着装有德兰粉底霜等化妆品的包，和飞骅子同车去往片场。拍摄外景的时候，无论去北海道还是九州，都一同前往。长途移动的时候，下面的小演员都坐二等列车过去，而飞骅子是坐飞机的。百合因为是助理，也和飞骅子同样的待遇，和飞骅子同一航班，而且就坐在飞骅子旁边的座位上。很快，百合已经飞遍了日本全国，几乎没有她没去过的地方。住宾馆的时候，也是和飞骅子坐在同一张餐桌用餐，吃同样的饭菜。这段时间应该说是百合最得意的时期。无论将来找到多么好的归宿，也不会再有这样的日子过吧。

可是正如磊吉他们一直担心的那样，慢慢地百合就暴露出了本性，露出了马脚。最让飞骅子为难的就是百合总是看不起下面的小演员，对他们出言不逊。那副样子就好像她自己也是和飞骅子处于同样的地位，用飞骅子的口气和他们讲话。别人虽然觉得百合太自以为是，不过都看在飞骅子的面子上，忍住不说。这让飞骅子很不安，担心别人认为是自己让百合这样做的，所以屡次提醒百合要注意，可是每次她总是忘记。高岭家除了百合之外，还有一个做了很长时间的阿姨，一个司机。百合对他们二人也是傲慢无礼，特别是对司机更加过分，就好像自己是主人一样使唤来使唤去。司机是个老实人，也不生气，每次都听她的吩咐。

"我一直担心会不会这样，给你添了这么大的麻烦，实在不好意思。既然如此，你随时解雇她吧，不必在意我们，这也是为她本人好。"

赞子几次这样对飞骅子说，可飞骅子也是从小吃苦努力才有了今天的地位，特别容易动感情，对于自己雇用的人不忍心赶走，即便有不如意的地方。

"虽然这么说，可她也有好多优点，如果百合走了，暂时还找不到代替她的人。"

这么说着，还是继续用了下去。结果百合以为"如果自己不在，万事都不行了"。

有一次拍摄外景的时候，百合喜欢的男演员正好也在同一个航班上。百合忘了自己作为助理的身份，离开飞骅子旁边的座位，凑到了那个男演员旁边。住在札幌大饭店的时候，还发生了这么一件事情。和往常一样，百合跟着飞骅子去了餐厅，面对面就座后，服务员拿来菜单。百合喜欢清淡，不喜欢吃西餐，每次看到西餐的菜单都心情不好，那天大概特别不顺心吧，一直紧绷着脸不说话。飞骅子都已经点好了菜，她仍然面无表情一声不发。

没办法，飞骅子只好主动问她：

"百合怎么了？你要吃点什么？"

"我什么也不吃。"

"还是吃点东西吧。"

"没什么我要吃的。"

"不吃东西，肚子要饿的。"

"没关系，我可以回房间叫寿司。"

万事都是这副样子。

磊吉夫妇身体不好，每天都要吃各种药。百合也对药的功能很熟悉，总是拼命劝说飞骅子吃药。饭后要吃这个胃肠药，鼻塞要吃这个过敏消炎药，疲劳的时候吃维生素 B 或者冲剂，睡眠药有鲁米那等。可飞骅子天生身体好，平时从不吃药。

"我没什么不舒服的，不需要吃药。"

这么一说，百合又不高兴了，非得让飞骅子吃个什么药才罢休。搞得反而要飞骅子来照顾她的情绪。

有一种狗叫边境柯利牧羊犬，普通的柯利牧羊犬一般人都知道，可是边境柯利牧羊犬却很少见，有的宠物店主人都不知道这种犬。因为一只这种牧羊犬可以率领一个大羊群，所以养羊的牧场离不开这种牧羊犬。千仓家前几年也得了一对这种牧羊犬，是从福岛县一个农林部所有的牧场分得的一对。不久，生了一窝小狗，就送给高岭家一只。高岭夫妇要去美国旅行一个月，出发前再三叮嘱百合要照顾好小狗（他们早就知道百合不喜欢宠物），结果他们回来一看，自己的叮嘱都白费了，小狗还是死了。据说百合在这一个月里百般折磨这只小狗，大冷天把狗赶出去不让回家。不仅飞骅子，飞骅子的先生夏山源三也舍不得小狗，掉了眼泪。

为人和善的高岭夫妇几次忍不住想把百合解雇，可最终还是改变主意，让她留了下来。没过多久，发生了一件大事。大概就是一年多前的某一天，传来信息说百合的父亲在大牟田的煤矿因为塌方事故过世了。死相很惨，整个人被压扁在岩石上，一根铁棒笔直地从脑瓜顶穿透到下巴，脚上也被十字架上的基督一样的粗钉穿过，据说是当场毙命的。这件事情之后，百合一家离开了九州，返回故乡大阪，用公司给的一百多万圆的抚恤金做本钱，开了一家水果店。可是百合还是留恋东京，想继续留在高岭家，周围的人包括母亲、叔父叔母、高岭夫妇，还有千仓夫妇都不停地劝说，跟她说不可能一直待在夏山先生家，再拖下去就找不到好人家，还是应该早点回家让母亲安心，只要回到大阪找个对象很容易。好说歹说百合才在去年春天下定决心回到了母亲身边。

百合现在住在淀川旁边的家里，在大阪的一家公司工作。上门提亲的人很多，也曾相亲过两三次，其中有条件特别好的，对百合来说真是千载难逢的好姻缘，可她总是说："大阪的男人没品位"，没有一个看中的，一口回绝了。一直在东京的摄影棚里，看惯了英姿飒爽的男士，自然心气越来越高，梦想着有朝一日成为前途大有作为的副导演的太太。可是这显然不切实际，周围的人都在拼命劝说她改变想法，不要总是抱着幻想，在大阪找个合适的人家就好，只要要求不太高，以百合的条件，嫁到哪里都是上得厅堂的，一定是个好妻子。

早在热海时，百合就已经出落得完全看不出以前的模样，这又在高岭家做了两三年，出入东京的时尚圈，越来越有魅力。在银座大街上一走，已经是不折不扣的时髦干练都市女性。加上飞驒子时常给她各种礼物，绝不是普普通通的东西，都是高岭夫妇去美国、法国等地旅游时带回来的好东西，每次都要分给百合一些。这样一来，百合的家当更加多起来了。

百合的前途一事先说到这里，时间追溯到前面，讲讲她和阿银争夺光雄的事情。

其实，阿银早在百合之前就已经和光雄关系很好了。阿银母亲生病，来信让阿银回鹿儿岛探病，就在那段时间，光雄找上了百合。光雄平日里一直炫耀他那个男性之物伟岸，动不动就在异性面前显示一下，一次在门口的石阶上又向百合卖弄，气得百合大骂：

"你个色鬼！"

因为这事两人之间就没了进展。

不久后，阿银从鹿儿岛回来了，可光雄依旧和百合交往，也不和阿银分手，脚踩两条船。阿银不可能不发现这种三角关系，两个情敌同在一个屋檐下，不过碍于主人的情面，都装作若无其事的样子，从来没有为此争吵打闹过。家里的女佣中，阿铃站在阿银一边，阿驹则站在百合这边，都暗暗帮着打探光雄的动静。

百合之所以输给阿银，除了前面提到的原因之外，还有很多因素，不过最主要的是因为百合没有阿银的韧劲。光雄和阿银之间发生了很多故事，可和百合之间却没有什么传闻。估计两个人见面不过是在来回的出租车里，或者偶尔在咖啡馆喝喝茶之类。

关于这个出租车有件有趣的事情。家里女佣出门办事时，一般都坐公交车，阿银一直都自己出车钱，让伙伴们一定乘光雄的车回到鸣泽来。前文说过，到湘碧书房门前的石阶共有两个，一个是通往兴亚观音的大路，一个是通往湘碧书房后园的路。从山下的国道上来，首先经过通往后院的石阶路，再到兴亚观音这边的上山路口，也就是玉井良平家的别墅门口。阿银每次都下到这第二个石阶路的中间等着光雄，所以看见阿银下石阶去了，阿驹就会通知百合：

"百合，百合！阿银出门了！"

于是，百合就从后园的石阶跑下去，先阿银一步抓住光雄。光雄和百合喃喃私语一阵之后，又若无其事地到兴亚观音的路口和阿银见面。每次都是阿银付车钱，按道理百合也应该偶尔出一次车钱，可是她精明得很，从来没有出过一毛钱。

百合总是自以为是、说话粗暴，因此招人误解。听她打电话，总让人诧异不知道为什么事她那么生气。在光雄面前大概有所收敛，可在旁人眼里，百合是个粗野的女子。其实，前文也说过，百合只是说话难听，其实心眼不坏，也很懂道理，能够理解别人。

"你自己不知道，因为你这种讲话方式，吃了多大亏。你这么聪明的人，怎么就不想办法改改这个毛病呢。"

磊吉夫妇再三再四苦口婆心劝她，可百合一直改不了。在和光雄好之前，百合曾经喜欢一个巴屋的人，后来也不了了之，多半也是因为她的那副臭架子。

光雄父母健在，又有姐姐妹妹，百合这种讲话方式不可能惹他们喜欢。虽然她自己说：如果自己能够嫁给光雄，一定吃苦耐劳，不会对公公婆婆讲话随便，一定好好孝顺他们，可是没有人相信。反而阿银深得光雄母亲信任，光雄母亲早就希望阿银和光雄试婚。

是的，在伊豆山到汤河原这一带，自古以来就有"试婚"的习俗。

第十八回

　　光雄的母亲性格和善，又能干，在邻里之间评价很好。这位母亲好像对阿银非常满意，曾经特地到鸣泽的千仓家，恳求赞子：大概您也听说了，光雄有一些黑社会的朋友，现在还整天和他们混在一起，我和光雄的父亲再三劝他，他就是不听。现在全家上下都在为这件事担心，除了阿银之外，没人能够让他改邪归正。阿银这孩子一定能够让光雄洗心革面，您就当是挽救了一个孩子，让阿银到我们家来吧。我们一定会好好待阿银。光雄喜欢拈花惹草，四处留情，我们会让他和那些人彻底断绝来往。那个公交车售票员好像和光雄关系特别密切，您放心我们会去找对方，给她分手费，让她彻底离开光雄。

　　阿银当然对此没有异议，不仅没有异议，而且比光雄的母亲还要上心，下定决心一定要嫁给光雄，对方能够彻底脱离黑社会的那些狐朋狗友当然好，即便不能，也不在乎，绝对不能让其他女人把光雄抢走。可是，光雄本人却一直含含糊糊，没有明确答复。阿银哭着来恳求赞子：拜托夫人一定帮我劝劝光雄，让他同意和我结婚。赞子被光雄的母亲和阿银的真情打动，几次找光雄谈话，可每次到关键时候，都被他支吾过去。于是，阿银又来哭着请求赞子再劝说一次。几次三番之后，赞子终于把光雄给说服了。

这期间，百合去了高岭家，阿银不用再避人耳目，公开和光雄开始交往。光雄的出租车停在石阶下面的次数越来越多，有时候光雄公然上到厨房来，或是进到女佣房间，和阿银没完没了地聊。夜深的时候，光雄不好意思上来，两个人就在石阶中央，或是对面的空别墅院子里一聊就是几个小时。湘南出租车公司的司机宿舍就在车库旁边，老板夫妇住在车库的二楼。半夜十二点过后，光雄等老板夫妇睡着后，悄悄把车子开出来，赶到石阶下面。老板夫妇在二楼听见车子的声音，以为是哪家旅馆叫车，也没当回事。阿银满脑子都是光雄，一天到晚心神不宁，做什么事情都不上心，在厨房里也是心不在焉。不管深更半夜，总是偷偷从后门溜出去见光雄，搞得其他女佣都不得安生，纷纷找赞子提意见：阿银这个样子害得我们都没办法干活，请您想想办法。

赞子想，最好的办法就是让阿银赶紧出嫁。正在这时，光雄的父母、叔父三人一起到千仓家拜访，正式求婚。三个人说，光雄已经下定决心开始新生活，那笔七十万的欠款已经全部还清，其中父母亲戚出了一半，剩下一半都是光雄拼命攒下来的钱，看来他真的是浪子回头了。

据说光雄每个月从出租车公司领到的工资大约是两万圆左右，另外加上从客人那里拿到的小费，一共有六七万圆。各处旅馆的女佣都喜欢他，点名叫他的车，自然他出车最多，收入也多。他把钱一笔笔攒下来，慢慢就把那些欠的债还清了。昭和三十三年三月，光雄和阿银结伴去了鹿儿岛，上门拜见阿银的祖母和母亲，大概那时候他就彻底下定了决心吧。两个人在鹿儿岛待了一个星期左右，阿银为他做热海话和鹿儿岛话的翻译。光雄这个女婿通过了祖母和丈母娘的考验，左邻右里也都赶过来看光雄，光雄和这些人都相处得很好，大家都说"阿银眼光好"，"找了个好老公"。

婚期定在了这年秋天十月份，祖母和母亲特地从鹿儿岛赶来参加婚礼。两个人三月份从鹿儿岛回来，到十月份举办婚礼这七个月的时间，光雄仍旧在湘南出租车公司做司机，阿银还是在鸣泽的千仓家做工。两个人甜甜蜜蜜羡煞旁人。都说女人恋爱的时候最漂亮，磊吉觉得从没见过阿银像这七个月期间这么美。阿银本来就是美女，这段时间越发漂亮。磊吉惊讶于原来恋爱能够让女人如此美丽，阿银双眉之间的伤疤完全看不出来，也许这不是"阿银的美丽"，而是"恋爱之美"。不仅磊吉一个人有此感觉，赞子、鸠子、绕子、睦子都这么认为。有一次，鸠子惊叹道："实在是太美啦!""一起洗澡的时候就发现了，那浑身的皮肤简直是雪白啊。"光雄前一年十二月的圣诞夜花了三千五百圆，给阿银买了一件天蓝色的马海毛开衫，那颜色真是妩媚，非常适合阿银。阿银每天穿着，那样子至今磊吉都印象深刻。

磊吉一有空就带着阿银，坐上光雄的出租车，到箱根、小田原、镰仓一带兜风。去东京的时候也一定和阿银一起去，不是乘光雄的车，而是坐电车去。磊吉乐在其中，没什么事情也领着阿银去银座附近的百货商店逛逛，或是去日比谷附近的电影院看电影。有一次，磊吉去位于银座四丁目、三越百货后面的朋友家里拜访，故意让出租车停在离朋友家几十米的地方，让阿银坐在出租车里等着，谈好事情友人把磊吉送出大门，正好看见阿银，就嘲笑磊吉：

"你去哪里都带着一个漂亮女演员啊。"

磊吉只是笑了笑，其实心里得意得很。

阿银的面庞开始散发出异样的光彩的同时，她的身形也发生了变化。磊吉、赞子、鸠子都注意到了这一点，只是没有挑明。一天，绕子从京都过来玩，突然冒出一句：

"阿银已经不是女孩了吧。"

当时，谁也没有否定绕子的话。后来才知道，磊吉他们的观察是对的，阿银和光雄十月朔日交换彩礼之前，阿银才向赞子坦白了一切。

就在两人去鹿儿岛见阿银的长辈之前，一天晚上，阿银和往常一样在石阶那里与光雄见面，两人发生了关系。阿银说，自己是第一次，也不知道光雄对自己做了什么事情。赞子对阿银说，你们的婚事双方父母都同意了，马上就要交换彩礼，即便有什么过失，我也不会太责备你，只是有什么事情，你不要隐瞒，要告诉我。

阿银像个孩子似的，哇哇大哭：

"夫人，对不起，是我做错了。"

赞子进一步追问，阿银才承认在鹿儿岛的一个星期，两个人也一直在做那种事。当地有"试婚"的风俗，所以父母们对孩子的管教并不严。

和阿银一起的其他女佣，最漂亮的就属阿铃了，也许是因为自信，一点也不着急，没有传出任何绯闻。可是阿银交换彩礼之后，她大概也受到了刺激，开始关注起啸月楼年轻的"账房先生"长谷川清造。阿银为救光雄筹措五万圆的时候，就是通过阿铃向长谷川借的钱，应该说阿铃和他原本关系就不错，只是这次阿铃才开始认真考虑和长谷川的关系。

　　本来阿铃并不打算在热海结婚，想着回老家滋贺县真野去，让父母帮忙找个婆家，她的父母好像也是这个意思。之所以改变想法，是因为赞子不停地劝说："在这里结婚不是很好吗？"赞子这么做，是希望阿铃尽可能待在伊豆山附近，阿银已经去了汤河原，不想让阿铃再去远处。不仅如此，这么聪明漂亮的姑娘好不容易适应了城市的生活，让她再回到乡下去，实在可惜。磊吉也是一样的想法。夫妻二人每年春天和秋天回京都，在北白川的飞鸟井家里住半个月左右，每次都是领着阿铃回去。因为她出生在大津附近的琵琶湖畔，熟悉京都的地理，京都菜、东京菜、西餐等各种菜肴都会做，出门在外，有她在让人安心。阿铃自己也很喜欢北白川的飞鸟井家。飞鸟井家由启助设计，再加上绕子的各种创意，楼下是摆放着沙发和椅子的客厅，还有厨房、餐厅，二者之间以一副窗帘相隔，而且平时这个窗帘都是拉开的。厨房和餐厅的玻璃橱柜可以从厨房和餐厅两边打开，煤气灶台配有烤箱，洗手池是不锈钢表面的，餐边柜、冰箱、电话的摆放都让阿铃非常满意，总说将来自己结婚的话，理想就是住在装修成这个样子的房子里，卧室里也要放一张和绕子夫人卧室一样的床。磊吉知道阿铃喜欢这种西式的生活，越发舍不得让她回乡下了。

　　磊吉夫妇经常聊起阿铃的人品，一般的人都既有优点，又有缺点，而阿铃却是各方面的能力发展得非常均衡，从阿初到阿驹、阿定、百合、阿银，每个人都有别人无法模仿的特点，可同时又都有些缺点，一定吹毛求疵的话，阿铃身上也有缺点，但是应该说她是几个人里缺点最少的。但是这种人往往无趣，不像阿驹、百合、阿银她们有很多奇闻轶事。

在和长谷川要好之前，阿铃曾经和海岸大街昭和出租车公司的一个司机有结婚的打算，为此还特地回真野去征询父母意见，阿铃的父母同意了婚事，可男方大概等不及回信，趁阿铃不在的时候和其他女生出去郊游，阿铃得知这件事后大怒，当场就和男方断绝了来往。和长谷川的关系正式确立起来，还多亏了经常出入千仓家的花匠大叔从中撮合，把长谷川的情书带给阿铃。花匠大叔受长谷川之托，卖力地递送情书，可阿铃却懒于动笔，从来不马上回信，有时候收到五封情书只回信一次。花匠大叔时不时提醒阿铃：

"阿铃，你也太冷淡了吧。"

阿铃人很好强，对异性也是不留情面，商量事情从不退让。她也经常和长谷川吵架，可绝对不像阿银那样，靠撒娇发嗲，让对方让着自己，每次都和长谷川发生激烈的争执。阿银平时和光雄在兴亚观音的石阶附近相会，而阿铃总是和长谷川在湘碧书房后园的亭子见面，商量将来的计划。不过，这两个人一直清清白白地交往，没有犯下阿银那样的过错。

　　　　滋贺微波水边女，伶俐捕鱼遂不放。

这是磊吉为祝贺两人敲定婚事，写在彩纸上送给阿铃的一首和歌。

第十九回

　　长谷川清造与菊池琴子（在千仓家称为阿铃）、圆田光雄与岩村银子，这两对新郎新娘于昭和三十三年十月十五日在伊豆山大神的神像前举行了结婚仪式。上午是清造和琴子，媒人是最信赖清造的啸月楼主人夫妇，清造的母亲从老家群马县赶来，新娘的父亲、叔父则从滋贺县赶来，还有住在伊豆山的新郎的哥哥嫂嫂、两个弟弟，磊吉夫妇、飞鸟井鸠子与启助参加了婚礼。一对新人等仪式结束之后，又在偏殿举办了婚宴，啸月楼主人和磊吉致辞，因为是午饭，菜肴比较简单，每人一套生鱼片配汤的套餐。

　　下午是光雄和银子。媒人是湘南出租车公司的老板夫妇，住在汤河原的新郎的父母、姐姐姐夫、两个妹妹和妹夫、新郎的舅舅舅母、汤河原的邻组组长[①]及邻居代表一人、从鹿儿岛赶来的新娘的祖母和母亲、小妹万里子、磊吉夫妇、鸠子等参加了婚礼。婚礼后，在神社参拜大道东侧的新郎舅舅家中举办了婚宴，因为是本地人，来客众多，从傍晚一直热闹到晚上。

　　琴子的嫁衣是白地的一越绉绸[②]面料，上面带有朱色、浅红、黄色等各色大菊花图案，并镶有玳瑁。红色腰带是花菱图案[③]，也镶嵌玳瑁。银子的嫁衣也是白地的一越绉绸面料，图案是红黑两个色调的菊花、桐花、葵花、梅花的花团图案，右肩与膝盖上则是大胆的凤凰图案；袖子是红地，下摆是黑地，上面都有白色的花菱图案。衣服四处镶嵌着金箔，特别和谐。和服腰带是中国绸缎质地，红地上有金色波涌图案④，中间配以菊花。两人的嫁衣都是在热海的美容院租借来的，不过阿银对此特别上心，事先央求赞子：

"麻烦太太您打声招呼，我的嫁衣一定要一套特别的。"

结果，美容院的院长特地去东京采购来一套新奇的衣服。所以，银子等于身着新衣，越发衬托得她容貌出众，绚烂夺目。

长谷川夫妇在啸月楼和湘碧书房之间的山腰上，离两边都是两三分钟路程的地方租了一幢两层楼的房子住下。清造从早上到晚上十点在啸月楼上班，琴子则和以前一样每天到千仓家厨房做活，午饭和晚饭都吃好之后再回去。本人说，仍然叫她"阿铃"就好，于是磊吉夫妇征得先生清造同意之后，继续以"阿铃"称呼她。她一直想要的电冰箱不久就配上了，化妆间里摆放着千仓家赠送的贺礼——闪闪发光的三面镜梳妆台，二楼的衣帽间里摆放着真野娘家送来的缎子被褥。

圆田家那边，磊吉夫妇同样赠送了三面镜的梳妆台。鹿儿岛娘家也寄来了气派的贺礼，为此还在汤河原的家里专门展示了嫁妆。光雄暂时还在湘南出租车公司上班，就在举办婚宴的舅舅家里借了一间房子，小两口临时住在那边。那年十二月底，阿银就举办了

---

① 邻组组长类似于中国的保长。
② 日本绉绸的一种，特点是绉纹小。
③ 花纹的一种。由四个菱形组成，形似花朵。格调高雅、优美。
④ 日本的一种古典花纹和图样，由波形竖曲线构成，大多配上云彩、花鸟等。

"束带庆贺"①，四处分发红豆糯米饭。"束带庆贺"一般是在怀孕五个月时进行的，阿银十月份结婚，这才过去三个月，也就是说结婚两三个月之前就已经怀孕了。这个真相其实没必要因为举办"束带庆贺"，让左邻右里都知道，只要自己不作声，没人会注意。磊吉他们都觉得阿银的这个举动有些奇怪，其实他们自有他们的理由。从伊豆山到汤河原一带至今还保留着一些类似"束带庆贺"这种很古老的习俗。即便让大家都知道结婚前就已经怀孕这个事实，也没有太大问题。更重要的是一定要在准确的日子进行"束带庆贺"，阿银的老家鹿儿岛乡下也有同样的风俗，所以双方父母的意见就不谋而合了。

顺便说一下，阿银还有很多在东京人看来陈腐守旧的习惯。阿银的父亲据说是在战争中病死的，每个月一到父亲的忌日，阿银三餐都只吃茶泡饭，不吃任何菜肴，从不敷衍了事。还有每年季节转换，第一次吃当季的蔬菜谷物的时候，阿银都要面朝西方，故意哈哈大笑几声，据说这样可以"延寿七十五天"。东京也有"延寿七十五天"的说法，不过不用故意哈哈大笑。这样说起来，以前阿初她们也是第一次吃当季的谷物蔬菜时哈哈大笑来着。看来鹿儿岛那边都坚守着这种习俗。另外，展示嫁妆这种事情，在东京，如果不是什么特别讲究的豪门大户人家，很少会邀请亲朋好友炫耀嫁妆。不过在光雄的老家，不，就是在大阪、京都一带好像都很常见。

阿银似乎在结婚当天还在暗自担心，光雄会不会逃婚，跑到百合身边去。虽然可能性不大，估计是为了以防万一，才故意早点怀

---

① 日本习俗在孕妇怀孕五个月左右的戌日，为祈祷胎儿平安诞生而束保胎白腰带时进行的庆祝仪式。

孕的吧。

第二年昭和三十四年四月到五月，磊吉夫妇像往年一样，去京都赏樱花，在北白川的飞鸟井家待了一段时间。五月十日，阿银从伊豆山打来电话，说是生了一个男孩，请先生给起个名字。磊吉马上想好了三四个名字，用毛笔写在信纸上，标好假名读音，邮寄过去。结果，阿银又打来电话，说是这几个名字都不太满意，不好意思麻烦再帮着想两三个其他名字，等最后定下来"武"这个名字的时候，已经是孩子出生七天以后了。

赶来参加阿银婚礼的小妹万里，在祖母和母亲返回鹿儿岛之后，就留在千仓家，代替阿银在厨房做活。她十八岁，比阿银小五岁，阿银有一双漂亮的大眼睛，万里也是如此，看来是父母遗传的。按赞子的说法，"万里的眼睛比阿银还要漂亮，她现在还是个孩子，两三年后长成大姑娘一定是个美女。被这双眼睛扫过，即便是女人也要神魂颠倒了。"阿银走了以后，磊吉觉得冷清，多亏这个孩子让他心里宽慰不少。以前都是领着阿银在东京四处逛逛，去百货商店或者电影院，现在磊吉隔三差五要带着万里去东京。万里还是天真的孩子，时常觉得奇怪，为什么这个老人这么疼爱自己，对自己总是特别对待。磊吉暗暗期待着两三年之后，她的眼睛像姐姐那样熠熠生辉，她的皮肤像姐姐那样莹白润泽，可扫兴的是，这孩子没有在千仓家待多久。据阿银说，她母亲很后悔让阿银嫁到那么远的地方，第一个外孙小武出生的时候，阿银的母亲为了见外孙，千里迢迢从鹿儿岛赶了过来，可阿银的祖母受不了长途跋涉，没有过来，母亲年纪也越来越大，不可能以后每次外孙出生都赶过来，想到这里，后悔不应该让大女儿远嫁，现在说什么也要让万里留在身边，不要嫁得那么远，趁她现在还没有喜欢的人，赶紧把孩子叫回身边。要是磊吉没有那么过分地偏爱万里，大概这孩子也不至于那么急匆匆地逃回老家吧。

第二年昭和三十五年四月底，阿银的长子小武迎来第一个男孩节，赞子送去一套鲤鱼旗，磊吉则送了端午偶人的铠甲和头盔作为贺礼。光雄夫妇是租房住，就把这些礼物拿回汤河原父母家里装饰摆设。男孩节前两三天，磊吉去看的时候，房后朝着千岁川方向，在川堰桥旁竖起了竹竿，黑鲤、红鲤大小共两根鲤鱼旗，连同飘带风幡一起在风中飘扬。

就在这个月，千仓睦子与古能乐世家的次子相良道夫在新日本宾馆举办了婚礼和婚宴。睦子已经三十二岁，哥哥启助的妻子绕子二十三岁就和启助结婚，二十四岁的时候生了美雪，相比之下，睦子属于晚婚，比嫂子绕子还要大一岁。所以睦子并不称呼绕子"姐姐"，而是互相直呼名字。五月份，道夫与睦子这对新婚夫妇在热海的富士屋宾馆特别邀请千仓家在热海一带的友人又举办了一次婚宴。来宾有已故飞鸟井次郎的长兄原子爵、东洋公论前任社长的遗孀、磊吉的主治医生长泽博士、桃李境旅馆的老板娘、为阿定婚礼做媒人的巴屋主人夫妇共十余人。末座还有带着两个孩子的阿定、长谷川清造和琴子夫妇、圆田光雄和阿银夫妇，阿驹虽然还在千仓家做女佣，尚未成亲，不过因为资格最老，也出席了婚宴。

阿铃比阿银晚了两年，这时候也已经有了七个月的身孕，肚子很大了。一来她很想看看七年多同住一个屋檐下的主人家小姐（虽然自己比小姐还小三岁，可是早就结婚了）穿上嫁衣的样子，二来好久没有吃过这么豪华的西餐，硬是催促着清造一起出席了。

第二年昭和三十六年二月，阿银的第二个儿子出生。和上次一样，又是由磊吉起了"满"这个名字，这次的名字阿银非常满意。大儿子小武已经三岁了，嘴里喊着"爷爷、爷爷"的，把磊吉当成亲爷爷一样仰慕。小武和阿满都和妈妈一样，有一双闪闪发亮的大眼睛。

　　一直在千仓家做女佣的阿驹于这一年的四月终于也找到了好归宿。阿初虽然昭和十一年开始前前后后在千仓家干了将近二十年，但是战争中，还有母亲生病以及其他原因回乡下老家待了很长时间，实际上在千仓家的时间并不太长。而阿驹中途从来没有回过老家，连续十三年在千仓家做工，算起来也许比阿初做的时间还要久。而且女佣当中也许阿驹是最尽心尽力为千仓家工作，希望千仓家能够幸福的一个。特别是昭和三十五年十一月到十二月，磊吉因心绞痛在东大医院住了五十多天，阿驹每天都守在病房看护磊吉，她的这份辛劳让磊吉夫妇感动不已，医院的医生、护士，还有隔壁病房的人没有不称赞阿驹的。

　　阿驹今年三十二岁，比睦子小一岁，和绕子同岁。她的丈夫姓樫村，生在因白丝瀑布而闻名的富士山脚下，原本在海岸大道的昭和出租车公司做司机，相貌堂堂、风度翩翩，讲起话来逻辑清晰、滔滔不绝，不久受到众人拥戴，当上了昭和出租车公司工会书记，后来因为才能出众，又升任了全国汽车交通劳动工会静冈地方联合执行委员会副委员长。不过，樫村离过一次婚，这次是二婚。大家都知道阿驹举止不合常理，有很多怪癖，虽然如此，却是难得的好人，樫村正是看中了阿驹这一点。

　　他总是对磊吉他们说："除了我，大概没有人能够理解阿驹，她是有点怪的。"

正赶上四月份赏樱花的季节，磊吉一家都去了京都，没有参加阿驹的婚礼。据说新郎新娘交杯换盏的仪式是在樱之丘的今宫神社举行的，婚宴就办在偏殿。磊吉从京都回来之后，有一天问阿驹：

"怎么样？婚后还好吗？"

"结婚真是件开心的事情，早知道这么开心，早点结婚就好了。"

这个回答很有阿驹的风格，逗得磊吉大笑。

阿银夫妇原来借住在位于参拜伊豆山大神大道那里的叔父家里，昭和三十六年晚春时节，他们搬了出来，回到汤河原父母身边。光雄辞去湘南出租车公司的工作，按照以前的计划，和父亲一起在汤河原做起了生意。他父亲原来一直经营大众餐馆，不过生意并不兴隆，店面不大，又老旧，客人不多，也赚不了多少钱。这次和小夫妻俩商量之后，把一楼的房间全部重新装修，门市房开了一家十特产商店，后院则改建成一家酒吧。因为是当地的老人儿，大部分资金都向银行贷款而来，四月二十五日那天开业，店名由磊吉命名为"春吟堂"，取自阿银名字的谐音。阿银又让磊吉帮忙想一首和歌，要印在商店的门帘上，于是磊吉赋诗一首：

汤原春吟客不绝，樱花开过霜叶红。

阿银说，因为这一带盛产柑橘，秋天的时候柑橘热卖，与其叫"霜叶红"，不如把柑橘写进去更好，比如说"柑橘熟"怎么样？磊吉觉得也不错，就让赞子执笔后交给了印染店。

汤原春吟客不绝，樱花开过柑橘熟。

第二十回

最近去汤河原的土特产商店春吟堂看看，发现店里挂着两个镜框，里面分别装有一张彩纸，其中一张上面写着：

赠春吟堂女主人
年轻娇妻鹿儿岛生人，汤街售卖土特产商品。

另一张上面也是：

赠春吟堂女主人
萨摩泊津嫁此地，黑发飘飘汤河原。

这是磊吉看见春吟堂生意兴隆，按捺不住高兴之情，特地为阿银而作的。现在，阿银是店里的女主人，光雄的父母虽然年纪并不大，不过把重要的事情都委托给了小夫妇俩，自己过着悠哉游哉的日子。光雄的父亲以前干过外卖，弄惯了鱼，每天一大早起来就到从房子后面流过的千岁川上游去钓鱼，以此为乐，每每钓到香鱼、鳟鱼，马上就放进水里养着，让光雄和阿银送到千仓家。

磊吉喜欢吃香鱼粥，制作香鱼粥一定要活的香鱼做食材，这在京都很难弄到，更何况伊豆山的山房更是难得吃到。早饭前，阿银打来电话："这就给您送活鱼去。"过一会儿，光雄或是阿银就牵着小武的手，背着阿满，拿着一个装满水的钵过来了，里面的香鱼还在游来游去，在鸣泽山里能够吃到这么奢侈的料理，都是托了这位父亲的福。鳟鱼磊吉也很喜欢，新鲜的、活蹦乱跳的大鳟鱼味道尤其好，磊吉每次想象着这位父亲一大早在千岁川边守着钓竿，钓起这些猎物的情景，耳边就会想起舒伯特的那曲《鳟鱼》。

光雄的母亲擅长煮红小豆，也时常在多层漆饭盒或者珐琅容器里装满满一盒，让儿子媳妇拿过来。以前大家都说"那么好的婆婆实在少见，能嫁到他家的姑娘真是幸福"，阿银这下有了亲身体会。婆婆完全不干涉店里的事情，放手让阿银去干，自己全心全意照看两个孙子。因为土产商店的顾客大多是来温泉疗养观光的客人，光雄一个男人在店里也帮不上忙，无论是招呼客人，还是记账，万事都由阿银打理。因此，这个家不知从何时起就由阿银操持一切了。

看着现在的阿银，赞子经常和磊吉聊起，当年她在家里做女佣的时候，事情那么多，让人操心不已，和光雄谈恋爱之后，魂儿都跑到了光雄那边，总是撇下厨房里的活儿，逮到工夫就对镜梳妆，把自己收拾得鼻尖上从没有过一点油亮，那时候阿银真是漂亮，不过也因此给其他女佣添了不少麻烦，遭到大家怨恨，可她一点也不在乎，总是旁若无人固执己见，这么任性的姑娘也真是少见，幸运的是她的任性能够一直坚持到最后，战胜了那么多情敌，真有本事，过去光雄有那么多缺点——赌博、招惹女人、赛车（自行车）、负债累累，这些毛病都在阿银的劝说管教之下，一一彻底戒掉了。恐怕也只有阿银能够做到，那时候，她哭着向赞子发誓：如果能让自己和光雄在一起的话，一定要让光雄重新好好做人，现在她实现了自己的誓言，也只有她才有这个能力，光雄母亲当时就说"只有阿银能行"，看来一点没有看错。

"阿银还是有鹿儿岛女子那种执着的热情，克服那么多困难，让事情按照自己的计划进展。真能干啊!"

"现在想想，正是因为当时由着她按照自己的性子来，现在才会像一家人一样。"

磊吉的书房只有小武可以自由出入，这孩子每次跟着光雄或是阿银过来，一进门就直奔磊吉的书房，跑到书桌旁边。

"小武来了。"

于是，磊吉就领着他到走廊，喊女佣给小武拿点心，接着抓三四个给小狗吃的甜品到后园的狗窝去，一起开心地跟狗玩上二三十分钟。

磊吉和前妻的女儿有三个孩子，不过女儿跟着前妻嫁到了东京，磊吉不能常常见到三个孙子；赞子和前夫之间有两个孙子，一个在京都，一个在东京，也不可能每天见面。磊吉希望能够和绕子生的美雪朝夕相处，可是因为健康原因，又不愿搬到气候恶劣的京都去。磊吉今年七十七岁了，每年春秋各一次，去北白川家住上十天半个月，已经很满足了。原本就不属于多子多福的磊吉，年轻的时候讨厌小孩，近来才慢慢理解了孩子的可爱之处，越来越会哄小孩了，这大概也是上了年纪的表现吧。看见小武喊着"爷爷"闯进书房来缠着自己，磊吉一点不觉得这是别人的孙子，总想着为了这个孩子可以做任何事情。

不光是小武，弟弟阿满也很可爱，还有阿铃的孩子小保，今年四月份刚出生的阿驹的儿子小忠都很可爱。磊吉虽然生在东京，却无意落叶归根，现在只想看着这些孩子慢慢长大，把这些孩子的母亲当作自己的女儿度过余生。可是住在鸣泽的长谷川清造辞去了啸月楼的工作，去了汤河原的大崎宾馆，现在只有阿银一家住得最近，一家人经常过来，依旧带来香鱼、鳟鱼，还有煮红豆。恐怕今后磊吉的晚年也不会有太大变化，就这样了此一生吧。现在，在千仓家做过女佣的那些姑娘，结婚成家之后仍旧没有离开湘南一带，还经常出入磊吉家的只有阿银、阿铃和阿驹三个人了。当然，她们还都年轻，不知道今后会有什么变化，只有阿银一家祖祖辈辈定居此地经商，估计不会搬家吧。当然，这也是磊吉最希望的。

当初千仓夫妇在大阪神户之间定居下来，最早雇用的女佣是鹿儿岛出生的阿初，后来又有阿悦、阿梅、阿节、阿银、万里几个从泊村过来，每个人都留下了难忘的记忆。磊吉对于从未涉足的鹿儿岛这个地方有了特别的感情，她们总是说："如果先生们到我们那个地方去的话，一定会大受欢迎。"想着有机会要去一趟，结果拖拖拉拉地不觉已到老龄。现在世道不同以前，近来还想着像阿初、阿梅当年一样，给鹿儿岛去信请人帮忙介绍"家政服务员"，可如今的女孩都被公司事务所或是工厂以优厚的条件招了去，没有人愿意做女佣。偶尔有一个两个，也待不长久，过个一年就回去了。阿初干了二十年，京都出生的阿驹做了十三年，阿银也待了四五年呢，这都是以前的事情了，现今的"家政服务员"作为出嫁之前的"实习"干个一年半载之后，马上就被叫回老家相亲了。

想起一个话题，一直没有机会写，现在来说一说。

不是别的，是磊吉的一个爱好，他喜欢按摩，集中精力工作一段时间之后，一定要在午睡的时候请人按摩一下腰腿。灸不喜欢，只喜欢用针或是按摩。用针的师傅只叫名人，难得请一两次。专业按摩师动不动就按摩很长时间，经常被按醒。只有家里女佣的按摩恰到好处，能够将僵硬的关节按得通畅。不过，对按摩的人也有要求，首先必须能够按到要害之处，其次还要指尖有点肉，厚而柔软才行，这点非常重要。即便是技艺高超的专业按摩师，有人指尖很硬，被按了之后很痛，磊吉受不了这种。他喜欢每次头朝下，趴在床上，让女佣们帮着按压从胃对应的背部直到腰关节这一片。有时候让她们稳稳当当地端坐在自己的腰上，然后让她们用自己的脚掌紧紧踩在自己的脚掌上站立一会儿。如果按摩没有这个步骤，磊吉就觉得不满足。

最擅长按摩的是阿初，她脚板又大又白，一双漂亮的脚正好踩住磊吉整个脚掌，让这个大块头踩过之后，特别舒服。接下来手脚柔软的是百合，不过她虽然身体条件无可挑剔，可是每次都很不情愿地按摩，让被按摩的人心情也不好，按两下就让她停了。让阿铃和阿驹按摩，她们也会做，不过她们的缺点是手指又细又硬。阿银虽然手脚柔软，符合条件，可她长得太漂亮，让磊吉有点不好意思。

最近，茨城县出生的"三重姑娘"（现在这个年代必须使用敬称）曾经在千仓家干过一段时间，她的手脚都很柔软，皮肤又白，只可惜她去年秋天也回老家了，现在没有一个擅长按摩的人。

漫长的"太平物语"即将临近尾声。不过，在千仓家厨房里做事的姑娘们，之后也从未间断，多亏了周刊杂志《新潮》"布告栏"，总有女孩主动来工作，让磊吉他们从未感到任何不便。不仅如此，应聘者中有很多出身良好、优秀出众的小姐，她们都属于"家政服务员"，和以前的"女佣"不一样，因此没有记入此"太平物语"。

磊吉今年（昭和三十七年）七月二十四日就虚岁七十七了。为此于当月二十八日（星期六）下午五时，在市内的富士屋宾馆，非常低调地仅邀请至亲亲属举办了一个小型的喜寿之宴。参加的只是亲朋好友中的少数人而已。作为助兴的节目，富山清琴夫妇演唱了《六月菊之歌》和三弦琴歌曲《茶音头》；睦子的丈夫相良道夫献上一曲能剧舞蹈"景清"；飞鸟井美雪表演了井上流派的京都舞蹈《松尽》。次月七日，又特别向昭和十年以来与千仓家缘分颇深的往日的女佣们发去邀请函，请她们千里迢迢赶来热海，于当日下午六时在市内仲田的中餐馆北京饭店二楼的日式大厅举办了第二次贺宴。首席来宾是在京都吉田牛宫町东一条公交车站前开了一家门面很大的书店的中延夫妇，接下来是嫁到和歌山市外务农的阿初，她带来了两个孩子，还有姐姐陪同，来的途中顺路去看望住在神户的弟弟之后，邀请阿梅于前一天六日下午到了热海。阿梅也领着两个孩子，这一行是总共七人的大队伍。

磊吉夫妇时隔十几年再次见到阿梅，惊讶于她一点没有改变，仍然说话爽快利落。不用说，以前那个可怜的毛病已经完全康复，没有任何后遗症。磊吉事先考虑到这七个人的住宿问题，预约了汤河原春吟堂附近的旅馆。泊村出生的女人们难得又济济一堂，当晚一定再现了当年"妇女会"的热闹场景吧。

此外，还有在逗子经营寿司店的阿定和两个孩子；长谷川清造夫妇和长子小保；圆田光雄夫妇和长子小武、次子阿满；樫村常雄夫妇和长子小忠。另外，在这些太太们做女佣的时代和她们往来密切的京都和服店的加藤；热海海岸料理店"和可奈"的店主等也赶来赴宴。主人方面有磊吉夫妇、飞鸟井鸠子、相良睦子和长子阿力等五人。助兴节目有中延演唱的能乐曲《高砂》中的一段，他嗓子好，又有能乐的修养。加藤表演了相声小品"西瓜盗贼"，光雄和大家一起合唱一曲"可爱的宝贝"，最后是当天最受欢迎的节目和可奈店主的舞蹈"酋长的女儿"，赢得满堂喝彩。

"各位，请伸出你的手。"

和可奈店主站起来召集大家：

"谨祝先生健康长寿！万岁！"

啪、啪、啪，大家一起双手击掌，为贺宴画上了完美的句号。

图书在版编目(CIP)数据

厨房太平记/(日)谷崎润一郎著;高洁译.
—上海：上海译文出版社,2018.10(2023.5重印)
(谷崎润一郎作品系列)
ISBN 978-7-5327-7883-6

Ⅰ.①厨… Ⅱ.①谷… ②高… Ⅲ.①中篇小说—日
本—现代 Ⅳ.①I313.45

中国版本图书馆 CIP 数据核字(2018)第 170683 号

谷崎潤一郎
台所太平記

厨房太平记　　　[日]谷崎润一郎 著　　出版统筹　赵武平
　　　　　　　　　　　　　　　　　　　　　责任编辑　刘　玮
台所太平記　　　高洁 译　　　　　　　　装帧设计　柴昊洲

上海译文出版社有限公司出版、发行
网址：www.yiwen.com.cn
201101　上海市闵行区号景路159弄B座
上海信老印刷厂印刷

开本 890×1240　1/32　印张 4.5　插页 2　字数 71,000
2018 年 10 月第 1 版　2023 年 5 月第 2 次印刷

ISBN 978-7-5327-7883-6/I·4851
定价：30.00 元